半世花开，半世花落

康娜 等著

中国华侨出版社
北京

图书在版编目（CIP）数据

半世花开，半世花落 / 康娜等著 .—北京：中国华侨出版社，
2017.8

ISBN 978-7-5113-6954-3

Ⅰ . ①半… Ⅱ . ①康… Ⅲ . ①散文集－中国－当代
Ⅳ . ① I267

中国版本图书馆 CIP 数据核字（2017）第 170844 号

半世花开，半世花落

著　　者 / 康娜　等

责任编辑 / 晓　棠

责任校对 / 吕栋梁

经　　销 / 新华书店

开　　本 / 880 毫米 × 1230 毫米　1/32　印张 / 8　字数 / 188 千字

印　　刷 / 北京溢漾印刷有限公司

版　　次 / 2018 年 3 月第 1 版　2018 年 3 月第 1 次印刷

书　　号 / ISBN 978-7-5113-6954-3

定　　价 / 32.00 元

中国华侨出版社　北京市朝阳区静安里 26 号通成达大厦 3 层　邮编：100028

法律顾问：陈鹰律师事务所

编辑部：（010）64443056　　64443979

发行部：（010）64443051　　传真：（010）64439708

网　　址：www.oveaschin.com

E-mail：oveaschin@sina.com

序

好的散文犹如花开、花落，自然、随意，清新而甘醇，味淡而香远。

草木清欢，春光荡漾。翻开手中这本书合集——《半世花开，半世花落》，若在领略着一帧帧四季的风光、人生的轮回。

书中，那些人文、风物、情怀，那人与人之间美好的情愫，透过尘埃，不断地与心灵契合的人相遇：《哑妻》《怀念父亲》……那些来自骨髓的爱与牵念，读得令人潸然泪下、点点心酸；《老事》《街道边上的货郎担子》《老屋》……在不经意间显露无限的温情与感动。作者用纯然的心，用真实的温暖，用细腻而又热烈的文字，记录下了光阴中的那些人、那些事，闪耀着光芒，令人动容。

本文集是从"水玲珑美文"平台文章中遴选辑录而成的。一花一世界，一草一天堂。从某个角度来讲，这部文集不仅是水玲珑平台散文精品的集锦荟萃，也代表了当代散文界的一种风貌。

本书中，有很多风格成熟、自成一家的知名作者，比如陈长吟、段恭让、曹林燕、刘增锋、孙文胜等，也有很多文字清新、崭露头角的新锐作家，比如周静灵、毛延茹、魏孔玲、丰硕、吴红梅等，没有虚张声势、大而无当，各位老师都拿出了看家本领，每篇作品都值得人一再品读。从这点来说，本书的确是一部不可多得的散文集。

手捧书卷，倾听槐花落地的声音，与杯中的月亮对饮，于人生静处，深嗅那些来自灵魂深处的香气，感受那些生活中被忽略掉的真善美。

水玲珑美文编辑：康娜、周静灵

目录 contents

01

春天不是季节，而是内心

02 / 万物有灵且美

03

生命最温暖的遇见

04 / 那些浸着花香的光阴

05 / 活的是一种情怀

01

春天不是季节，而是内心

－ 春已至 －

康娜

春天总是毫无声息地来，又悄莫声儿地溜走，明明已是春时，却难见春之踪影，待意识到"小径红稀、芳郊绿遍"时，感受身处融融春日时，却又要即将面临"流水落花春去也"的阑珊意境了。

于是，尚在乍暖还寒时，人们就已四处去寻找春的踪影了。

夜与往常并无二致，只是清晨，根根箭镞般的枝条却舒展了弹性活力，迎春花吹起了金黄的小喇叭，牵着奶奶的手遛弯儿的小孙子伸出细嫩的小手惊喜地喊了起来，"奶奶您看，春天来啦，迎春花开得多好看哪！"

然而寻春像是走迷宫，线索并不明显。风漫过山梁、灌过山谷，卷起小径衰草，裹挟着寒气从窗户缝里直灌了进来，呜呜地吹着小号，逼得人裹紧身上的薄衣。淹留在脑海里的枯木、朔风、冰川载途、林径雪封已经撤退，溪涧烂雪、厚冰已经消融，偶有潜游的薄冰还哗啦啦碰撞、漂浮着不忍离去，而江水更显清澈，潭面无风，深碧如镜，似乎密谋酝酿着一个大大的春意，真个是春水初生、不染纤尘呢。

　　天空却还拧巴着，像是尚未浣洗干净的纱巾，罩着清灰色的薄雾。终于，迎来一场小雨，落在脸上、手臂上，凉丝丝的。站在檐下望去，细细密密的天雾，确是像牛毛，像花针，像细丝，像人家屋顶上笼着的一层薄烟……细雨啼春，约莫是派它来打头阵了吧。

　　门口的桃树已经鼓苞了，远处的山林还是灰蒙蒙的，绿意未起，但微风荡去，仿佛听到了嘎啦啦、嘎啦啦的草木拔节声，许是春姑娘快要醒了，正在伸腰弯腿、活动关节呢。

　　一些细微之物开始萌动，蚊蚋嗡嗡嘤嘤，奏响了人生初始的号角，一只蜜蜂跌跌撞撞闯进晴光之屋，报来春天的第一封花信。

　　听说近日还有倒春寒，天气或许还是要冷上一阵子，但不管柳有没有绿，花有没有开，都不影响人们盼望春天的心境，他们甚至已经走到了山野、田间、溪涧、沟畔，去寻自己心中的春天了。

－ 春拾 －

曹林燕

2月，心境里仍有点兵荒马乱的感觉。新年过得匆忙而索然无味，酒貌烟容、鲜衣味居皆是别人的风景，喧嚣携着浮躁犹如穿堂而过的风，唯茶色书香能烘焙一番早春的冷寒，烘托出一些温暖而庄重的情怀来。

欠了半冬的雪在春天里开始洋洋洒洒地下了起来，坐于室内，听风吹着树枝，悉悉窣窣的，像极了窗外路人的细慢履声，渐渐霏雪盛起，透过薄帘，看见小区里一片清白。

望不见南山，只是云雾迷蒙，田野盘坐，一片寒凉。远处隐隐晕出一幅笔情墨韵的国画，冷寂沉疏，郑重清持。

近处林木瘦立，苇丛疏疏；桥头河面雪迹落座，黑野鸭倏忽间就没了踪影。

园中竹枝摇曳，细叶婆娑，花树相互扶拥，似有亲切之意；飞雪玉花，树木之间两两相望，仿佛要生出一种地老天荒的深情来。

广场那边是灯艺景观的绚丽与喜庆，小区里面却安静而淡定。

此刻最宜读书。

翻阅一本《民国记忆》，座旁摆放一盆墨绿四垂叶子的植物，嗅着它散在枝叶间鹅黄色小花发出的幽微淡香，感受民国春晖式的怀旧温暖。

纸比人寿，说的是齐白石的故事，他一生有"几不画"：像不画，工细不画，着色不画，非其人不画，促迫不画。又有"几不刻"：水晶玉石、牙骨不刻，字小不刻，印语俗不刻，不合用印之人不刻，石丑不刻，偶然戏索者不刻。白石先生是出了名的"老吝啬"，连作画也是少笔墨多留白的，相比较，倒是更喜欢张中行老人多些。他"学富五车，腹简丰盈"，《负暄琐话》《负暄续话》《负暄三话》至今一集还不曾读过，多多少少有些遗憾了！据说其文有古风，似六朝的短章，也带晚明小品的笔意，颇有苍凉的况味。读的不多，《留梦集》也只是匆匆而阅，敬佩的是他的人品。

张中行大师生活简朴，住居有"都市柴门"之称，他教育学生"生活向下看，学问向上看"，也正是他一生的生活写照。更难能可贵的是，他尽管清贫，对需要帮助的人却毫不吝啬。昔日有一同事丢了1000元，他知道后便给其500元救急，后同事条件好了，还500元与他，表示感恩之情，他却不收，说是给人的，不是借予的，既是给的就不必还了。

放下书卷，想尽量褪去年的气息，让心境重新安稳下来。

春天总会有些温度和温情的吧？那立春竟不知不觉地就擦肩而过了，来不及去吃什么春盘春饼的，正月里的菜品本已满是荤味，而我几乎是不沾肉味的；况且北方人也不比南方人将节气看得太重，也就没那么多讲究了。

二月早春，我们可以用生活所感来读书，用读书所得去生活，营造好的心情，让自己活得更得体，学会用心发现美，即使是在每天的上下班中也会有些美的仰望。

我在单位的后院发现了两株怒放的蜡梅，是金黄色的那种，疏密有致，极富节奏之变。广玉兰高挑的枝头也是结了花骨朵的，连翘的枝开始泛绿，一簇一簇的，并不输于那些凌寒而放的迎春花；而下班绕过前院的小池边，我又发现了一株花树，叫不上名字的，只见枝头满是含苞欲放的花骨朵，羞答答的红，似有人间画色，疏阔纵放，枝丫苍劲，曲中求直，像是忽有一日，花儿要凌枝而开，满园春色恣情，每日便要工作于花影横斜、万叶惆怅的意境之中了。

开始忙碌，有时竟忘了喝水，忙将起来感觉倒也充实。

有云：人生忙如自己挤车，闲如看人下棋。

春不待人花欲开，只不过是在春天的某一个时刻，我不小心被文字和工作裹住，换了一种心境，蘸取了一些光阴的美，仅此而已。

－ 春 －

陈婉君

一年中最冷的季节，偏偏美其名曰"春节"。不想深究其古典里的经文，只是想探索古人风骨中的精神。二十四节气大寒之后，当人们冷得无法接受了，立春就会姗姗而来。应证了一句诗：冬天来了，春天还会远吗？

春节的俗名叫过年，据说年是一种怪兽，人们张灯结彩放鞭炮贴对联，都是为了吓唬年。老百姓总是有大智慧，意思意思就让困难望而却步。

大冷的天，偏偏有人早早起床。广场上挂灯笼的民工、散步的老人、放风筝的孩童、摆摊的生意人、风驰电掣的电动车……没有人紧缩着双手。勤劳的人们不仅仅属于年，他们还属于新世纪、新时代。无论行色匆匆，还是气定神闲，早早出门的人们都是有奔头的。

街道两边早早就挂上了国旗，大红灯笼也由原来的一只串成了六只。桥头广场上也已经搭建起了春节群众演艺舞台，扫地车、洒水车比以前更加高效节能环保，行人也比以前行色从容。双肩包几乎都能朝后背着，汉中人的安全感和幸福感由此可见。

一袭汉水，半步天涯。此生的最美年华，在悠悠汉江边缓缓驰骋而过。虽有无奈，但内心平和，上次发现汉江新城在团结街以东，这次发现还有一半竟然在街西。幸亏我慢了下来，那么着急干嘛？君不见，路上安心等待红绿灯的，一般都是轿车。有人就会反驳我：任性就会罚款，还是心疼自己的钱。能被动遵守规则的，能假装快乐的，以后慢慢都会自觉成长。有些人，连假装斯文都做不到。在寒冬里，缩着脖子，抄着袖子，哆嗦着身子，看不到一点点春的气息。在我的课堂上，学生只要表现很好时，我就大力表扬。有些孩子就会多嘴："老师，他是装样子！"我就会笑着反驳："那你也假装专注，假装认真，给老师表现表现！"记得某所中学的宿舍楼前的标语就是：男生要做谦谦君子，女生要做贤良淑女。可见，学校教育的方向就是面向阳光，春暖花开；乌云密布，也要坚强。

在桥头广场看见一普通老人，引体向上一连做了四个来回，他身旁有一位比他年轻的男士，不断劝他：好了，好了！如果匆匆忙忙，哪能发现这种力与美，难怪塞缪尔的《青春》中有这样的一段文字：青春气贯长虹，勇锐盖过怯弱，进取压倒苟安。如此锐气，二十后生而有之，六旬男子则更多见。年岁有加，并非垂老，理想丢弃，方堕暮年。如果让我们汉中最优质的中学生去观看这位大爷的举动，他们一定会五体投地地膜拜这位健壮的老人，看到七旬老人的这种展示，我们怎么好意思肤浅青春、蹉跎岁月？

哈尔滨的春节，最能演绎冰雪奇缘！梦幻春节，除了人们以天然的冰雪为风俗暖场，以人工的池塘为冬泳圣地外，打树花的独门手艺也让冰天雪地的家乡热情四溢，璀璨阑珊。

从高冷的大寒起，人们就开始扫舍洗尘，祭灶拜祖，在自己的业务、工作、事业、爱情线上提早打一个深深的结。春节，虽然不是春天的节日，但是却能让人在最盛大华丽的节日里望春、寻春、感春、颂春。洒扫，是寺院里禅修人的第一步，一下、两下、三下。无论是父母教导子女，新人初入职场，还是我们要迎接上级的层层检查，都是从最简单明了的洒扫做起。"一屋不扫，何以扫天下？"似乎已成为我们生活的精神起步，春节一定是从扫舍开始。祭祖是中华民族的精神传承，慎终追远，祈求庇佑。

春是一元复始，春是从头再来，春是欣然上路，春是浓淡相宜，春是中华民族的精神刺青。无论远在何处，身在何方，春节都让华人心潮澎湃。春运，已经演绎成了世界上最大规模的人口大迁徙。春节成了全球瞩目的盛大经典，并且只有中国的春节才叫真正的年。因为这个时候一般都是冰天雪地话新生，银装素裹诗旧事。能在最冷的季节里盛开春意的，除了龙的传人、华夏子孙，还有哪个民族能像中国人这样享受盛世安康呢？

－ 早春·偶怀 －

张小梅

黄昏，曳着一件宽大的黑丝绒绸衣，在几盏萤火虫一样的星星灯里，跳起了优雅的舞蹈。

夜慢慢落幕……

唯美的梦，以她天使般的面孔轻轻拥着眠睡的万物。静静地倚着一线鹅黄的灯光，站在窗口，似乎听得见她香甜的轻鼾。早春的夜呵，似乎还听得见有嫩芽拔节的声息，泥土下蚯蚓、青蛙翻身的声响……

清晨，总是被窗外几声清脆的雀儿唤醒，总是被第一缕调皮地爬上窗帘的阳光轻轻唤醒，总是被窗外孩子们背着书包走进校园门口和父母挥手告别的声音唤得心里暖暖的……

望向窗外，呵，翠色的松针、褐色的柳树枝干、赭石般的老榆、苍青的杨、漆黑的大地，竟然都覆着白色的雪！

雪，白得炫目，白得清透，是什么时候降落的呢？轻轻悄悄地，缥缥缈缈地，自由自在地，无声无息地……在夜，黑天鹅绒一样的衣服上飘落，那是天使们织就的一件纱衣吗？奉献给春的夜晚，抵挡那一片料峭的春寒，温暖那些在春的怀抱里，孕育着的一切即将蓬勃而出的生命。

窗外的阳光似被镀了一层漆，格外的鲜亮。唰，似有一股跳动的山泉跃入了我的心田，情绪好清爽。走出家门，投入阳光的怀抱。吸一口气，隐隐有一种清香，那是草芽在泥土下伸腰时打哈欠的气息吗？那是青蛙在洞穴里踢腿抖落掉汗滴的气息吗？那是小蚂蚁在草根下梦呓的气息吗？那是小小芽苞趁着妈妈不注意，要跳脱出来的压抑不住的欣喜的气息吗？

太阳一定在清泉里洗了个痛快，你瞧她焕然一新地行走在天高云淡中、风隙树梢里，呵，仿佛还散发着柠檬沐浴露的香味，伸出手，手掌心似乎好温柔地被什么粘了一下，不用说，一定是阳光调皮地打了一个滚，便跑开了……

坐在5楼，听着前面一位春光般曼妙的女老师在声情并茂地给孩子们讲着杜甫的《春夜喜雨》和白居易的《大林寺桃花》，我在她柔美的描绘里，在孩子们无边的想象里，遐思着那4月的芳菲，那满坡的桃花，不久之后就会转入这一片纯净的雪后和我那切盼的眼里、心里……何必怨春迟迟不来，又怨春去也，春不语？何必长恨春归，又恨春归无处觅？念与不念，春都会来；恨与不恨，春都会去。唯愿，春来，善待；春去，常忆。

窗外，不远处，是一座银色的铁塔，高高的塔尖上，在那阳光洒落的空中，在那风儿吹过的空中，在那雪儿自由飘洒的空中，在那白云也要停驻的空中，竟然筑建着一座用树枝搭成的窝巢。一只黑白相间的喜鹊栖落在巢里，偶尔能看见它在窝里伸出的头。遥遥望去，那用密密树枝搭建的巢，稳稳地依靠在塔架中央，似乎是一座小岛，甚或一座星球。我忽然一下子想到了美国电影《阿凡达》里的那个潘多拉星球，那种亘古以来就荡漾着自然之气的地方。可以透过发梢，连接到树的枝条，传递给树根，根连接着土地，便可倾听到灵魂的声音。我不知道，这悬挂于空中的鸟窝，可不可以透过它房屋的脉络——树枝，连接上鸟儿的翅羽，再与风、雪、雨、阳光、土地相接，再连接到我们的发梢，是否就可以听到来自心灵的声音，懂得灵魂惺惺相惜的暖？又一片阳光的海波袭过，喜鹊跳出它的"大厦"，栖落在白色的塔架上，高高翘起的翅膀，让人遐想着飞翔、自由、辽阔。

　　下面，是3月的一片烟柳，淡褐色的柳枝迷离着若有似无的那么一点点，一点点绿，如一片纱绸在风里颤动，如谁的欲掩还露的心事，软软的，绵绵的。你的眼氤氲了，你的心也是柔柔的，也说不清是为了什么。

　　高塔上的喜鹊忽然展开双翼，在阳光里，在微风里，在偶尔飘落的一两片雪花里，翩然展开翅膀——飞翔！倾斜着身姿，舒展着羽翼，悠然地飞，黑与白的光影——天地之间一条最美的弧线！最后消失在那片烟柳中……是啊，绿色又何尝不是它勾画的生命背景呢？春天，又何尝不是揉搓在它心底的一个梦呢？

－ 春日好 －

周静灵

没有什么比活在春天里，更让我们欢喜的了。

四季一轮回，过而不忘是春天。

春~天，念出来，像口含珠玉，活色生香。

落笔，字里行间，一撇一捺，三二人，踩着暖阳，趋近温暖。这一发现，令我无比欢畅。满心便浮出了毛茸茸的绿意来了。

2月的春，张力十足。东风未暖，冷梅还抱香在凌寒的枝头，可到处都藏了吐蕊的花苞了。

柳树飘绿了，草儿发芽了。植物们的每一个毛孔都张开了，连呼吸都是翠绿的。松土下那冬眠的虫子们也苏醒了，都在蠢蠢蠕动着。

春潮在涨，一直在涨，一直往上涨……

好友星来接我，窗外，一树树的桃花掠过。她惊呼："都开了，花都开了！"扭头看她，眉眼间有惊喜，也有怅然。是啊！每个人的心里都和春天有个约会，只是这春让人猝不及防，已迫不及待，已百媚绽放。

一夕春光至，忽觉时已晚。

满树的桃花，赴死一样的粉，美得惊艳，美得惊心。站在桃树下，灵动的刹那，有一种与烟火隔着距离的嫣然，恍若前世。

春，妩媚。无限的花枝招展。晶莹剔透地迎你。我倒是喜欢简，素白。静，空灵。星也是。只是这春色妖妖娆娆，旖旎而来，春光暗流转，但凡凝眸，便一见倾心，令人极尽欢喜。

我说："星，来年3月，我在你的脸颊种下桃花，从早春到暮春，也粉着。"我们相视而笑，意兴还在，却已阑珊。

悟光阴，多数时候，岁月是百姓的烟火与逝水流年。一如紫檀木散发特有的暗香，不绮丽，不落寞。有着素朴的微芒，妥帖而又温暖。

胡兰成写过：愿岁月静好。这字字生香，虽隔着年代，却满纸芳华。

踅足岁月，轻触流年，一年又一年。光阴，没停，一直在流转。

春去春又回……3月更好！这样一想，蜜意荡漾。

我爱极了这春日的阳光。我们穷其一生，不负好春光。

- 春意绵绵，悠然邂逅 -

李艳波

春天，空气中氤氲着湿润的气息，细细的雨丝如轻烟弥漫在远街近巷里，是谁撑一把油纸伞，穿过柳岸花堤；是谁品一盏香茗，倚栏静静地远眺，等待春暖花开时那一场杏花烟雨。今生只为暖了一场相逢，等待了一季花开。轻轻地转身，便与你今生有了这样明媚的交集。

行走在春天草长莺飞的路上，与暖暖的春风亲密接触，细细聆听春雨嘀嗒呢喃。四月的春天，柳条伸展着腰肢，细细的嫩芽在微拂的暖风中轻盈着春的万点绿。远处看那一树梨花白，素蕊粉瓣，是娇柔的少女，带着春的面纱，用满树的馨香以傲然的姿态迎接春的万丈霞光。

烟雨蒙蒙，春雨绵绵，氤氲着春意幽幽的诗韵。"沙沙"的细雨打破了春的宁静，万物复苏，春回大地，腾腾而起的雾气像给春涂上了朦胧的眼影。春在我们的心里。在我们的梦中，她一路走来。此时想起了这样的诗句："好雨知时节，当春乃发生。"此时，我用温润的笔墨，写下春的诗情画意，在季节的旋律中以一种悠然的姿态，经风的过往，在盈盈的故事里，与你相逢在今日，天涯共此时。

屋外，细雨蒙蒙，你倚窗凭栏，心向莲开。此时，你是以何种的心境隔窗听雨，窗外小巷里那个娇柔的少女，那一季花开的心事，在这最美的四月天，今生便有了一场明媚的交集。

你说，你喜爱这四月的雨天，喜爱春雨滴落在红瓦上，顺着屋檐滑落了一些过往的尘烟，带来一阵阵泥土的清香，沁入心脾。我说，我喜欢那朦胧的云雾遮住太阳，手撑一把油纸伞行走在石板路上，我娇柔的身影在如织的细雨中梦断蓝桥，用温润的情怀等待着你的到来。只愿今生我与你不会擦肩而过，灵魂的相吸对望，将故事与情感绣在青石板上。

陌上花开，是谁守着一树似雪梨花，是谁守着一池素色莲荷，在经年的光阴中我们不曾相约，又怎敢老去。一湖深邃的明眸，一颗素锦悠远的心，一季花开的等待，温暖的春风吹散眉间的细发。那座石桥悠然静伫在四月的云水深处，落花满径的石板路上，相约在红尘，在最美的石桥上看风景，与你温情脉脉地守护着明媚的爱情。

烟雨红尘，我们是今生注定会遇见的人，此时不由自主地爱上了林徽因的《你是人间的四月天》。"我说你是人间的四月天，笑音点亮了四面风；轻灵在春的光艳中交舞者变。你是四月早天里的云烟，黄昏吹着风的软，星子在无意中闪，细雨点洒在花前……"一路的花香，今生只为有你相随，共舞红尘中一场倾世的绝恋。此生我愿以一朵花的姿态低眉，以一滴雨的感动缱绻流年，以一片云的飘逸驻足，为一场等待回眸。只为执手相爱一生。

凝眉望眼，你是春光里那道杨柳依依的岸，你是那一湖清池里寂寞的鱼。今生，我守在凡间，等你从千山万水中走来，期盼着有一天与你相逢在那写满爱的石桥上，在温柔的春风里热情相拥，今生与你一起在烟雨里携手漫步红尘。望着你素心如莲的明眸，一滴清泪把红尘尽颜。

君知否？在素锦华年里，今生只因有你，我便心安。低眉浅笑，在爱的石桥上，留下了我们一路的欢歌笑语，留下了一串串爱情的足迹。在最美的人间四月天，我披一袭白衣，轻风吹拂我的素锦罗衫，一路衣袂飘飘追随与你。

相遇的那一刻，在我柔情的笔下已然是一副沉寂千年的画卷，我的情思，在每一滴雨里交融着此生不舍的情结，在云水深处乘一叶小舟，划过碧波，划进一段似水年华的故事里。留下了一路烟花的痕迹，留下了此生不悔的记忆。

与你煮一杯杏花酒，吟诗对望，你的字字句句早已潜入我的心底，在明媚的春天里，享受一段诗酒年华的闲逸。一段如歌的回忆在春的风中轻舞飞扬，站在青石桥上，今生只愿与你羽化成蝶，双宿双飞。

－ 梦里春花 －

王静

时令已经过了惊蛰，然而气温一直偏低，早晚依旧很冷。

早起下楼晨练，看见楼旁边空置的一处宅基地里有嫩黄点点，开始以为早开的油菜花，走近，却是一丛青菜花！

每一株纤细的叶柄上，赫然聚簇着无数细碎的小花苞，嫩弱，娇柔。在清凉的曦光里，瑟瑟摇曳的姿态，叫人不禁怜爱。

谁能想到，平淡，卑微毫不起眼的青菜，竟然花开得灿烂！

久久地凝视着面前这一丛青菜花，忽而思念起故乡那些曾经美好的春天时光。

故乡的春天，最美是春花。

往往几场新雨后，地上的草花便都赶趟儿似的，开得不亦乐乎。

白的、蓝的、黄的、紫的…… 一开便是热烈的一大片，其中色彩最亮堂的是蒲公英。无论城市还是乡下，草地还是山坡，抑或那无人的沟渠荒园，几乎随处都可以见到这种生命极为顽强的植物。

春光暖人的日子，那每一朵灿烂明亮的小花，怎么看都好像孩童纯真可爱的笑脸，又好像远方母亲温柔的笑靥，在和我说，看，这些小黄花开得真好看呐。

也是从母亲那里，我第一次知道了蒲公英是春天最好的"排毒草"。

母亲说，别看它长得不起眼，却是对人身体大有好处的野菜。它本性凉苦，能清热解毒、消肿、利尿，具有抗菌作用。还能激发机体的免疫功能，达到利胆和保肝作用。尤其对嗓子上火、咽喉疼痛者，和小孩子扁桃体发炎疗效显著。

大多时候，母亲一个人住在很久以前的老房子里。房子不大，有个小院。

"每到春天，咱这院里可满都是蒲公英呢，密密匝匝繁盛得很，那一朵朵小花呀开得热闹极了……"

每次母亲和我说这些的时候，眉眼总是格外生动。

那年去新疆探亲。从西安走时天气热得不行，而到了新疆却凉似初春。她的小院里大半的蒲公英已经开败。夕阳余晖下，那洁白素淡的蒲公英花絮和着那残破的院墙，寂寥、寞落，却又有一种无法言喻的安怡。环顾四周，发现母亲的小院里除了肆意乱长的蒲公英，竟然再没有其他。我嗔怪她怎么不把这些蒲公英除掉，好好修整院子栽些好看的花木或是种些四季可吃的菜肴果蔬。她却笑说这些蒲公英是她的宝贝，用处大着呢。

她和我讲说新鲜蒲公英吃的时候只需用开水轻轻一焯，清水拔净，滤干水分，再佐以调料入味就是一道现成的可口小菜，再配上一碗白米干饭，那爽口的食味真是任何佳肴美食都比不了。而吃不了的，她就淘洗干净放窗台上晾晒，干透以后当茶泡着喝，有排毒养颜效果。

母亲在春天蒲公英繁盛时期，采摘好多，用开水一遍遍焯熟，控净水分后装袋子放到冰箱里冷冻保存。她说以后我们谁想吃蒲公英，随时都可以吃，那滋味，依旧鲜爽如初。弟曾和我说，姐，你是没有吃咱妈做的蒲公英肉馅包子，那滋味，吃了忘不掉，千金｜不换！

"我一直觉得，这小小蒲公英比人要强，你看再大的冰雪都摧残不了它，风把它吹到哪里，它就在哪里落地生根。不管所在环境多么恶劣，春天到来的时候，它依旧花开灿烂……"母亲那种对蒲公英由衷的赞美，引逗着我也开始对这种朴素无华的植物，从心里萌发出一些欣赏和喜欢。

春天傍晚时候，我喜欢去新城河边漫步。

最喜去对岸那一片宽阔的河坝滩地，寻找开着小紫花的地丁草，一簇一簇，萌萌的美，那样一种挨挨挤挤蓬勃积极的生命姿态，怎能不叫人欢喜得在它跟前停下脚步？

犹记儿时，曾经和村里几个要好的伙伴一起满坡满岭地找寻过它。

那时候，我们听村里有些大人说地丁草是一味药，县里药店大量收购。一斤干地丁草能卖 5 毛钱。在那个物质困乏的年代，5 毛钱，对于我们来说诱惑不小。

当时村里的小商店 1 毛钱可以买 10 颗好吃的橘子瓣糖，那酸酸甜甜的滋味，至今难忘。

当然，我并不是贪恋那些吃嘴零食，我心里早已有打算，就是想凭自己的能力攒钱去县里书店买喜欢已久的少年月刊和作文书。

大人们兴许也就是闲谝，而我们几个却兴奋激动得搁不下，那以后便各自瞒着家里大人，每天傍晚下学匆匆写完作业，就悄悄约着跑去村边的西沟，钻上跳下地寻着挖地丁草。

那段日子挺辛苦，可是每次看着后院角落里那堆地丁草堆积得越来越高的时候，心里都好像吃了蜜糖，高兴得忘了一切。然而，最终那一堆我偷偷攒在后院还没晾晒干的地丁草，竟然被勤快不知情的奶奶当成柴草拿到灶火给烧了，为此我难过了好长一段时间。

正是这次劳心劳力，使我明白了一些生活事理。第一次深深懂得了奶奶持家过日子的辛劳不易。

渺小又羸弱，平淡亦无华。出身寒微，却不抱怨不失落不悲伤。历经人世坎坷凄惶怆凉，却仍然生命昂扬积极奋发。这是蒲公英、地丁草的植物操行，却也是我平淡无华的母亲和奶奶一生为人处事的品行印照。

岁月荏苒，光阴难再。

奶奶过世已 10 余年。母亲现在仍然在离我很远的边城，年复一年守着她的老房子。每个春天来临时候，我想母亲应该最欢喜，那样她就又可以采摘蒲公英，做好吃的爽口小菜给儿女。

春眠不觉梦。几回都是在梦里回到了老家。清净的灶屋，弥漫着秸秆燃烧的清鲜味道，暖熏欲醉。轻烟缥缈里，依稀可见一抹瘦小的身影在来回忙碌，我知道，那是奶奶。没有惊扰她，我径直走向后院，轻轻推开久违的黑漆木门，进到院子里。

厦房门口，那棵一人粗的核桃树正在焕发新芽，长长的花絮子毛毛虫一般蜿蜒垂下来，泛着莹莹绿光。树底下，一大片蒲公英开得热烈，若黄金铺地，又如一袭亮丽的华毯。院子最角落的乱石堆里，地丁草挨挨挤挤，渺小，羸弱，花开繁簇。那一抹恬淡的紫色，清新脱俗，依旧令我着迷。不由得伸手触摸，却什么也没有。惊醒，原来梦一场。

花儿谢了明年还会开，春天去了也还会再来，而谁能告诉我，人的生命中那些过去了的美好光阴，为什么一去再不复返？

－ 春浅谁先知 －

孙文胜

去年冬天干燥多霾，后院几棵杏树，枝干皲裂，形神萎靡，总是呆立在迷蒙的雾霭中。我偶尔去菜园小憩，都懒得多看它们一眼。过了六九，一场不大不小的雨雪过后，我却意外地发现，杏树暗褐色的枝条，不知何时覆上了一层红晕，皮里皮外竟生发出了生命的水色。再看前段干瘪的叶卵，也都鼓突出了鸟喙般的芽尖。一切预示着春神将要降临。

春之归，经常是悄无声息的。前年春节过后，我看后院的果蔬还是鸦雀无声，然外出大半月归来，蓦地就发现杏花开得纷纷扬扬。花儿朵朵相拥，羞怯地抱成一团，好像堆满枝头的积雪，又似徜徉低空的云朵，从远处看去，若淡淡的水粉画，透出几分朦胧，透出几分素雅。杏瓣分五出，花蕊里浅黄的细丝顶着豆芽形的弯头，绝妙如乐谱上的音符，悄悄奏着只可意会的乐章。那天心头虽有惊奇掠过，但我并没有多想。今日面对报春的枝条，不由慨叹时光匆匆，生活麻木，枉自错过诸多美好的景致。

春江水暖鸭先知。人若有心，春是可以早早发现的。在北方，当树梢上、屋檐下都还挂着冰凌儿的时候，春天的影儿是看不见的。但有天雪花凝成了小雨，春天就来了。历经酷寒的小草稀疏矮小，若有若无。走近了，冬衣遮身，看不出动静儿。烟雨里望去，朦胧间却见淡绿洇染了半面天光。

迎春花，是早春舞台上的奇葩。几年前的一个冬末，有好友邀我为他们戏校将要毕业的小学员拍照留念，于是，便欣然前往。

戏校坐落在北原的一个土坎下，一排窑洞虽已破落，但陡峭的崖壁上，由上至下却铺满了迎春花的枝条。凛冽的北风里，迎春的枝条青里泛红，羞涩的花苞半开微张，你挨着我，我挤着你，密密匝匝撒落满壁，如朗夜的繁星醒目灿烂，点缀得土崖鲜活生动。为了留下最美的影像，几个小姑娘轻轻掐下一束枝条，左缠右绕盘成花环戴在头上，引得围观的师友啧啧称赞。半大小子们则不同，他们换上练功服，在花壁前有踢腿的、有下腰的、有劈叉的，还有扎势跑圆场的，个个活蹦乱跳，生龙活虎，看得我眼都直了。忽然，有人喊我该拍照了，才发觉自己走了神。我的心那一刻，被那花、那人，照得敞亮亮的，没了星点灰色和沉闷。

早春的消息，就是如此令人心动，令人忘忧。有年冬天，琐事奇多。到了腊月三十，我和妻才慌脚乱手地赶去县城办年货。那天适逢一场大雪，回来时两人都冻得手脚冰冷，眉毛挂霜，没有丝毫赏雪的浪漫。然而，当我们发现路边的花圃里，有一株红梅傲雪绽放时，不由得都停下了脚步。雪映梅红，梅点雪亮，妻围着那株梅双眸有神，左看右看不忍离去，兴奋得脸蛋都沁出了胭红，仿佛我们原本就不是迎年的，而是因这一株花才奔波的。

杨柳姿态婆娑，清丽潇洒，报春时常常出人意料。明明昨日还把人冻得搓脸呵手，今日不经意地推开窗，忽然就会呼吸到一股久违的清新。循着淡香极目远眺，你眼里定是"杨柳青青轻烟凝"的奇景。"吹面不寒杨柳风"，杨柳有风即情，微妙的色彩变幻，把暖春佳音描绘得妖媚婀娜。童年时，我很喜欢柳条帽，虽然编制得粗糙，却编进了梦想，织进了快乐。取一截柳枝拧下外皮，做成的柳笛呜呜哇哇，把寂寥的童年吹得有声有色。

　　寻春，寻的就是一份明媚、一份阳光。寻着了，知春了，谁不想蘸着汗水，用脚印在充满希望的季节写下踏实的诗行？

－ 秋韵 －

刘增锋

　　秋天说来就来了，没有一点点征兆。放眼望去，整个田野里一片丰收的景象，棒槌似的玉米棒子乐开了花，稻穗沉甸甸地笑红了脸、笑弯了腰，整个空气中都弥漫着浓郁的果香，让人如痴如醉。

　　清晨，漫步在玉米林边的小径上，露水打湿了鞋子，满耳尽是天才音乐家蛐蛐动听的歌声，一阵清风吹过玉米也扭起了腰肢，伴随着动听的音乐翩翩起舞，整个秋天都变得灵动起来，让人心旷神怡。

　　果园里，一个个拳头大的砀山酥梨将树枝压得都弯了下来，辛勤的果农收获着成熟的果实，脸上洋溢着丰收的喜悦。地头的商贩们将一筐筐无公害水果小心翼翼地搬到大卡车上，以此来换取薄薄的几张纸币，虽然很辛苦，但是一家人能够快快乐乐地生活也是很知足的。

　　在一片片绿油油的芹菜地里，女士们手拿锋利的镰刀，在地里紧张地忙碌着，她们边干活边聊着家长里短，不时传来阵阵笑声。装菜车的轰鸣声惊飞了落在电线杆上休憩的小麻雀，一坨鸟屎从半空掉下，恰好落在一个女孩的脖领里，气得她脸红脖子粗，破口大骂，惹得众人一片哄笑。

就在这个秋天的午后，我搬来一把藤椅坐在屋外的柿子树下，边品香茗，边数着那满树红红的"小灯笼"，感觉日子过得很惬意。看着诱人的柿子，我一时兴起顺手就摘了一个，剥去那层薄薄的皮露出了橘红的果肉，轻轻啜了一口，一股甘甜顺喉而下沁人心脾。我贪婪地吃起来，原有的那种斯文相早已经被抛到了九霄云外。柿子黏稠的果汁糊了一脸，活生生一个花脸猫的形象，让旁边干活的阿婆忍俊不禁。

说实话，对柿子我是很有感情的，因为它是父亲的最爱。记得小的时候，每到深秋的周末，父亲都会骑着自行车，驮上两个大竹笼，到百里之外的临潼代王镇采购临潼特产火晶柿子，采购回来后，他将那些压烂的柿子挑出来自己吃，然后将剩下的那些个头齐整的按成本价分给那些同样喜欢吃柿子的爷爷奶奶。有些人实在过意不去，每斤要给父亲加上一两毛钱的辛苦费，却被婉言谢绝了。他说："我去那么远的地方采购柿子并不是为了赚钱，而是希望让你们这些老年人和我一样能吃上正宗的火晶柿子。"

后来，随着父亲一天天变老，骑自行车去那么远的地方购买柿子已经不太现实，于是每年到了植树的季节，他都要给房前屋后的空地上栽上一株株柿子树，日积月累我们家前后院现在已经有大小十几棵柿子树了。每到柿子成熟的季节，父亲都仔细地将一个个晶莹剔透的小精灵摘下来放进竹笼里，然后将大部分送给乡亲邻里，让他们品尝，听着大家赞不绝口、连声说甜时，父亲也露出了欣慰的笑容。如今又到了柿子成熟的季节，而父亲却离开了我们，让人不免又生出几分悲伤来……

秋天是收获的季节，也是播种的季节。当我们收获快乐的时候，也不要忘记昔日辛勤的付出。在这秋日的下午，写下一些关于秋天的文字，也算是对秋天的一种诠释吧。

－ 秋天的心事 －

曹林燕

光阴一簪一簪地闪，秋意一寸一寸地凉，像栾树的花大片大片地落，像银杏的叶一点一点地黄，像葡萄的藤一天一天地枯。

一些虫鸣正在吟唱，一些诗人正在赞美，一些植物也背负上了人文的情感，开始了一场秋天的修行。

我一遍一遍地将秋的心事描了又描，企图放纵它们的蓬松，然后学着用美的角度去述说一种逼仄。

莲枯了，决绝，像中国画意中的飞白，墨痕凝干，拾几枝回来，插于瓶中，一样风物相依，深情款款。

艾草要枯了，从此，它便入药、入香、入体，采它回家，吟成《诗经》，写入相思，"彼采艾兮，一日不见，如三岁兮"，它要相偎一颗远方的心，家的门楣上，盼的是归人的悲喜与那中秋月夜的团圆。

爬山虎的藤要枯了，它缩了细细的触丝，不再攀爬，但它的脚仍牢牢地扒住墙，骨干分明地萎着，以另一种方式将生命蛰伏起来。

而那风的清瘦、雨的寒凉，像极了一首凄美的诗，有那么一些善感与缱绻，是藏进小巷的幽苔，是行道树下的落叶，抑或是衣裙下的悠闲、随意与徘徊、踌躇？

石榴倔强地离开枝头，跳入桌上的果盘；秋菊傲然地绽放于圃园。葡萄架下悄悄的私语有些隐隐约约；也不知那草丛里的虫鸣正匿于何处洞穴呢？

雨不动声色地下着，借着夜的朦胧与灯的暖昧，轻轻述说着城市街巷里的千窗内容。一场虚实的交集，正在悄悄进行，是雨或是光，一窗之内的人无从知晓，此时阅读，许是最妥帖了。

若用一种自然去倾诉季节的无奈，若用一种沉静去刻画生活的细碎，秋天应是温美的。

野草盘踞亦是生命葳蕤，落叶堆积亦是风景气息，萤光消失亦是豆星归巢，人事繁杂亦是社会插花，烟火俗世亦是情节趣味。

家人唠叨，工作刻板，朋友寡薄，囊中羞涩，地位卑微……都是秋天里行色匆匆的一段留白。

留白亦好，若无留白，你不懂家的温馨；若无留白，你不解忙碌的充实；若无留白，你不知友情的深厚；若无留白，你不悟努力的价值；若无留白，你不思形象的重塑。

秋天从不应景，一些绚丽更华美，一些铺陈更壮怀，一些穿堂而过更真实。

一杯茶，一本书，一卷画，一首诗，一阕词，一尾琴，一炷香，一段光阴，一款雅致，是秋天，亦是心事。

一只碗，一双筷，一把勺子，一口锅，一根葱，一筐菜，一屋烟火，一种生活写意，一些俗世快乐，是秋天，亦是心事。

"秋处露秋寒霜降"，时令还是会大步大步地往前走，节气必将一个一个地与日子做着交替；藤葛草木继续纠缠着相互通息，而鸟儿虫儿们啾鸣一直泠泠淙淙。

若爱思索，不妨就去潜心；如喜散心，那便大胆去寻美吧，秋天有果有香有色，秋意也会有诗有情有趣味的。

原本，秋天没有心事，倘若真要有的话，那便是我的多情心绪了，便是它的付出与收获了。

一切皆来得自然，亦去得坦荡。

而已。而已！

— 踏秋 —

曹林燕

日来渐凉，气息里有了寒意。南山依然林木森秀，云山烟树的。

天空寂寂的，有几声远走高飞的雁鸣，偶尔会有一群举止儒雅的鸽影飘过。一些风骨与枝丫同时映入了眼帘，秋天多了古意和层次感，各种色彩浓得让人想醉。比如街道两边的栾树，落花之后，果实由黄变红，一串串高高地挂于枝头，被浓密的绿叶衬托着，犹如行走的诗行。巷内的女贞也有了深度，枝叶遮掩不住累累的豆果，一咕嘟一咕嘟地垂了下来，再过些时日，当它们变黑的时候，会招来不少的鸟雀。

一些人家院子或者门前常会栽几棵柿子树，当树上的叶子变黄零落时，柿子树的枝干也就嶙峋突兀起来，它们再也藏不住那些惹人眼馋口馋的红灯笼一样的果实，于是鸟雀发现了，早早地飞来啄食。

风轻轻地撩拨着园中渐黄的银杏叶，泠泠作响；广玉兰静静地伫立在甬道旁边，与银杏树默默陪伴，彼此相安。只有花墙外的一棵棵垂柳仍使劲地摆弄着纤细修长的枝条。

藤蔓不休地纠缠着围栏，叶片有些衰颓却楚楚动人。坪地显得寥落，但深情的三叶草还在努力铺陈着。

同事说：今天是重阳节，农历九月初九，民间会有许多讲究的。

入世向俗，我只知重阳节又叫作踏秋，或许今天会有人登高远眺、遍插茱萸；有人在园子里品尝美酒、观赏菊花；有人与朋友对弈吟咏；还有人在吃重阳糕……

我们身边各个社区也正如火如荼地举办着各种活动，而一些人也正如我一样，风平浪静的，似淡忘了这个节日。

下午，我手中正捧着理洵先生的《魏晋风流——趣说世说新语》在看，亦想到这重阳在魏晋时候是十分时尚的一个节日，其间文化气氛相当浓郁。

说到魏晋，自然想到那时的文人，喜欢他们的性情率真。"宁作我"，这在人们看来虽有些放浪轻狂，却也是文人的一种风骨。"陈留阮籍、谯国嵇康、河内山涛、沛国刘伶、陈留阮咸、河内向秀、琅邪王戎"此"竹林七贤"是魏晋文人的典型代表，皆为性情中人，他们是一个时代的文化符号，远远超脱了古今那些逐利追名的文化俗人。

理洵先生解趣有味，书中故事都颇为生动，人物也各自鲜活。

品匝《学驴叫》一篇时，禁不住失声而笑，初觉这"建安七子"之一的王粲实在滑稽，什么嗜好不行，非得学驴鸣？而这魏文帝曹丕也有些荒唐，王粲死后，竟让众文武大臣哀悼时各学驴叫以示敬意？后来一细想，理洵先生说的亦对：那时人们的至情至真，正是今人缺少的骨气！

《世说新语》总结魏晋时期文人的特点有两处：一是读书人的自我精神；二是女人能表现自我，无作伪作态之势。此两点十分可贵。看今日，文人之风浮夸造作，追名求利者屡见不鲜，更有甚者，政治文人投机钻营，文坛雀噪，十分混乱。

不能不说这是一个悲哀的时代，文人的品相与危机。

放下书推窗凝望，亦想起民国时期和现代时期的许多文学光影以及那些卓越大师们的人品与文品，风骨与情怀来。

当代文学大师路遥、陈忠实已远去，他们为后人树起了两座文化丰碑，风魂永存！

而能够聊慰的，身边文化圈里也不乏贴切温暖的老师，诸如费秉勋、安黎、理洵、王茂林、丁小村、王向力等一些低调安静的文化人实属可敬可贵！他们好比这浓郁的秋意，人间的心情远远高过了田野的厚度，搁在每一张日子上，秋风也无力掀动。

我在秋天里偶尔也会翻翻书页，但愈读愈发慌，觉得越来越像个白痴，知之甚少！

读书与写作也是一种创造，冯骥才的《日历》里这样说：厚厚的一本日历是整整一年的日子。生活就是在创造每一天。我们今天为之努力的，都是为了明天的回忆。

深秋亦是一本厚厚的日历，它是有深度和哲思的。我在重阳节这一天努力地书写着，但还远远不够！

黄昏时分，心像极了空旷的杯子，忧伤也许会隐秘地发生着，秋天里所有及物不及物的怀念，都在重复中加深，而唯有读书，于我是为了愉悦自己，与时间对决。

秋天终究是老生或者青衣，透了"清静"与"文气"。

所谓"风物最宜秋"，我理解的不仅仅是它的多彩与绚丽，更多的则是它的深度与厚度了。

今日重阳，亦称"踏秋"，随性随感。

－ 秋色里，那一场盛大的竞技 －

高翔

秋渐渐深了，秋色也跟着渐渐浓了。

有多浓呢？浓郁到空气都有些黏稠，搅动着各种花的香，馥郁芬芳，随手在空气里抓一把，指尖缝隙里仿佛都是秋的颜色和各种花的香。

草丛里、窗台上、发丝间，散落着各样的花瓣，细细碎碎的，并不如春光里那般硕大，却也不颓败，极像谁在画布前放置的点点油彩。

真美呀，美得看着直想掉眼泪，仿佛一颗心早已经随了这芬芳，随了这花香，六神无主了。

秋色愈发浓了，一日赛似一日。

浓郁到嫉妒恼恨都滋生了，止不住地直往脑门冲。你看那几只白鹭，显得有些焦躁，一刻不停地扇动着翅膀，在微波粼粼的水面上掠行。它们嫉恨两岸的色彩纷呈，即使自己白玉无瑕，也还是红了眼睛。

是不是动物也喜欢和这秋色争宠？

叶落纷纷、红红艳艳的，却又绚烂地开在曲径旁、湖水畔了，延续着枝头上的活力，与漫野的菊花竞放。

那是多么盛大的竞技场啊！满野、满眼、满脑子，竞技手却只有两个：红红艳艳的落叶和狂野不羁的菊花。秋色是裁判，我是眩晕于这场盛会中的观众。

真的是眩晕掉了，目不暇接。

与菊花相较，落叶是清清冽冽的，少了香霏，少了狂野，少了孤傲，也少了炫耀，但绝不颓败，绝不萎靡，绝不失落。

摆脱了红尘，并不等同于看破，依然故我。

我喜欢它的真诚，那条条脉络，似血管有血在流动，展现给你的是通透，是坦荡，是炽烈，是包容，不藏不掩。

你适合和它做朋友，适合跟它讲心里话，适合与它朝朝共暮暮。

会让人恋上它的呀！

其实，这场竞技，不需比，它已然赢了。

有一些灰白色的叶片在草间静静地躺着，让我怀疑是满地的蘑菇，忽然就丰满起来了，胖嘟嘟的；也水润起来了，嫩嫩滑滑的，变成了一个个可爱的宝宝，似乎还能听见它们咯咯咯的笑。

咯咯咯的笑声里，引诱得枝头也不住颤动，只是不再花枝招展，不再柳腰轻盈，丰收的果实让她丰腴，让她妩媚，让她掩藏不住万种风情。

十月孕期，一朝分娩，脸上的骄傲藏是藏不住的，眉目间顾盼生辉，把全世界都要点染了，最后燃烧成头顶光芒闪烁的太阳。

眩晕，只有这样的感觉了。要不然，能怎么样呢？它那么美，无论我怎样，你是不是都会说我矫情呢？

但不管怎样，我能不为这场盛大的竞技欢呼喝彩吗？

－ 安静的冬 －

毛延茹

已是深冬。

两旁的树光秃秃的，几片枯叶在风中摇摇欲坠，那样的固执忠诚。这个季节几乎没有什么阳光灿烂的天气，到处灰蒙蒙的，分不出是雾还是霾。像今天这样的日子极少，阳光透过云层隐隐地照射进来，暖暖地洒在窗台。窗台上几盆颜色浓烈的仙客来开得正盛，翠绿的枝叶、娇艳的花朵，竭尽全力地舒展着。对仙客来的喜爱由来已久，价钱不贵，花色多姿，且花期长久，对生存环境要求不高，自秋季开始一直到翌年四月，花蕾络绎不绝，花团锦簇，开得无拘无束。

抬眼望去，窗外车来车往，树林里几个头戴各色围巾的中年女子一手提着小桶，一手拿着刷子，正在往树上刷着白色的油漆。在树的中间白色的油漆顶端又是一圈红色的油漆，红白相间，整整齐齐，很是好看，给萧瑟的树林增加了一份生硬的色彩。厚厚的玻璃窗隔开了外面嘈杂的世界，听不到她们在说些什么，只看见她们脸上开心的笑容和穿梭在树木间的身影。

此刻，是 2016 年 12 月，时间已然过去了一大半，剩下的一小把正在苟延残喘。不知道从什么时候，我得了轻度的焦虑症，无时无刻都处于一种紧张焦虑的状态，而一到冬天这种症状就更加严重。这一年，匆忙得让人窒息，刚刚还春暖花开，一眨眼竟已满目苍凉。

站在窗前，看外面的花草树木苍黄翻复，寂静的树林在不动声色中变换着心情，也向这个世界呈现着缤纷多彩的画面。沧海桑田，斗转星移，苍白了的何止是容颜，酸涩了又岂止是双眼。季节的反复变换，终归在某一天会周而复始，你在挥袖抬头之际又与它相见，而曾经的知己旧识，却转身就是陌路，回首即是天涯。人情冷暖，似这满地的枯叶，在凄冷的石板，愈踩愈碎。

走进一片果园，脚下踩着厚厚的落叶，绵软无声。满树的萧瑟让人心中发紧，没有人喜欢冬季的树林，就像没有人喜欢寒冷一样。寒冷总不如温暖来得让人舒服。等你蹲下身子，慢慢拨开那层枯叶，映入眼帘的那抹新绿会让你激动得发抖，那象征着生命的嫩芽正悄悄做好准备，一旦时机成熟便会磅礴而出，你仿佛已看到满园那春的昂然、夏的热烈、秋的丰硕，而这静静的冬，则像卧薪尝胆的勾践，精心熬制着一剂复园之药。

季节依旧是那个季节，改变的只是欣赏那个季节的心情，换一个角度，会有意想不到的收获。

希望往往就在你一弯腰一拂手之际。

- 读冬 -

魏孔玲

四季更迭中，我是一个虔诚的读者。读春的澹冶与繁华，读夏的苍翠与浓烈，读秋的明净与丰硕，也读冬的萧瑟、庄严与雅趣。

我常常去读如睡的冬山。在老去的枝丫间，在斑驳的石阶上，在饱经沧桑的巉岩峭壁间，寻找时光的足迹。这蜿蜒复蜿蜒，连绵复连绵的山啊，就这样在风中匍匐了多久？承受了多少亿万年的风霜雨雪，雷电交击？怎就那么沉得住气耐得住寂寞？这漫山遍野间的山花野草，丛林树木，尽可以肆无忌惮地将其根须深植于你的体内；飞禽走兽，芸芸众生，尽可以随心所欲地在你身上践踏攀爬，掘洞栖息……那是怎样的一种疼痛与屈辱！你自岿然隐忍至今！你分明是伟岸庄严的，却又处处谦卑包容。伫立在山脚下读你，你让我明白人渺如尘埃；登临峰顶读你，你让我懂得，勇者可以在山之上。在层峦叠嶂中，我读你的忍辱负重，在狂风暴雨中，我读你的坚毅担当，我想到了山一样的父爱，想到了云山苍苍一样的先生之风……我好像读懂了点你的精髓、你的风骨、你的胸襟。

　　我也常常去读严冬里的黄河。夏雄冬静的黄河，比以往更有神韵，更惹人怜爱，也更让人销魂。严冬近了，黄河瘦了，思念长了。那消瘦了的一袭清凌凌的玉带一样的水，就这样清丽地围绕在这个城市的项间，让这个地处黄土高原的西北小城，少了几分粗犷和干涸，多了几分灵秀、润泽和婉约。生而为人的快乐那么短促，这冬日里清瘦的一衣带水，正好可以少照一些我的孤独、无趣和忧伤，少照一些我行走在这个尘世间的尴尬、无奈和遗憾。读你千遍也不厌倦。望着你远去的背影，我在时光的河里，寻找逝去的岁月。我在跳跃的浪花中，读到了儿时嬉戏的笑靥；我在潺潺的流水中，读到了青春的激荡与幽怨；我在你的明镜里，读到了中年的沧桑与沉静；我也在你不拒小溪的广博里，读到了兼容和博爱；我更在你永不停息的脚步里，读到了勇气、执着与永恒。

　　在这个久不飘雪的深冬里，我去书中读雪，以解对雪的相思之苦。目光逡巡在泛黄的古籍中，随好鲜衣美食、骏马烟火的清人张岱，去湖心亭看雪。

　　"大雪三日，湖中人鸟俱绝，独往湖心亭看雪。……雾凇沆砀，天与云与山与水，上下一白。"

　　这是怎样苍茫雄浑的胜景！这是怎样千山一色、万物一色、天地一色之大观也！这笔画最简单的"白"字，却让我享受到了最丰富的意境！雪，这自由的精灵，这纯洁的使者，这开在天上的花，这开在人心底的花，在长空这个偌大的舞台，在风的背景音乐里，少女般款款而来，抒写天地间的深情与大美。雪落山川，鸟绝人罕，万千景致浓缩为"长堤一痕，亭一点，舟一芥，人两三粒"。读雪，我好像才懂了点"大自然"之大、"小人物"之小。

　　也读谢太傅大雪之日室内雅集中，一双儿女的天才吟诵。读"撒盐空中差可拟"里雪的潇洒干练，"未若风吹柳絮因风起"里雪的轻盈飘逸；读柳宗元的"千山鸟飞绝，万径人踪灭"的空寂，读他"独钓寒江雪"里的禅意。读读高骈的"六出飞花入户时，坐看青竹变琼枝"里的激越吧，读读杜甫的"乱云低薄暮，急雪舞回风"里独老翁的愁吟吧，读岑参的"忽如一夜春风来，千树万树梨花开"的欣喜吧……

读冬，也读读古代文人的雅趣。书家有"亭前垂柳珍重待春风"的九言九画，他们饱蘸笔墨，自冬至始，日填一画，九九八十一日毕事。用笔迎春，应是一番怎样的雅致！画家于冬至始，"画素梅一枝，为瓣八十有一，日染一瓣，瓣尽而九九出，则春深矣"。读这些文人雅士的九九消寒图，忽然觉得萧瑟的冬日，也可优雅诗意地过，与寒流斡旋的尽头，是明媚的暖春。

静读这冬，读其深沉，读其清幽，读其萧瑟里孕育的春的绚烂。静读中倏忽一瞥，飞雪如期而至，推窗迎雪，这久违的精灵，欣然入怀……

－ 冬的味道 －

李艳波

立冬刚过，原野特有的土腥味不见了，最后一片落叶、一株草籽带着秋的清香落入泥土中，这清香夹杂着村庄炊烟里冒出来的草木灰的香，以及木质小屋里飘来的饭菜香融为一体，形成了冬日里独特的乡愁。这清香是无人能及的，春日百花太过娇艳，绿树浓荫的夏有些浮躁，秋又多了一层伤感，只有冬日是温柔的，树木在沉睡中走向宁静，它们在梦里休养生息，孕育着来年的重生。

冬日的空气里多了一份恬淡的清爽，太阳在这个季节慢慢消遁自己的火气，变得温婉起来。村头的小河减去了往日的喧嚣，放慢了奔跑的速度。突然在某一个清晨，它们静止了，河面上多了一群玩耍的孩子，每一张小脸冻得通红，嘴里不停地呼出热气，瞬间凝固的白霜挂在他们的眉毛上，一群孩子、一条河流，在这个冬日里相互依偎。伸手触摸着冬的灵魂，村庄的记忆里，清澈的河水有些温热，它们存着村庄人的智慧，甘甜的河水，带着村庄的气息养育着世世代代的人们。

冬日的阳光，在红色的瓦片间萦绕、跳动着，落在村庄里。这时，阳光的味道和黏豆包的清香在每一个木质房门的小屋里飘出，深深呼吸，满鼻腔都是清爽的味道。

在我们北方，每当进入腊月，家家户户都会蒸上几锅热气腾腾的黏豆包。刚出锅的黏豆包散发着诱人的香气，金黄的表皮似太阳的笑脸，温暖着我们朴素的童年。终于，可以改善一下生活了，今天蒸着吃，明天煎着吃，天天吃也不烦，那时黏豆包是我们盼望已久的美食。妈妈做的黏豆包是最好吃的，在我的记忆里，妈妈勤劳的双手为我们营造了一个幸福又快乐的童年。

做黏豆包的程序很复杂，首先要选成色好的大黄米，这样做出来的豆包才会更加金黄。妈妈把大黄米放在大盆里，添上适量的水，用葫芦瓢慢慢淘去黄米里的小石子（在打谷场打粮，米里会有小沙石）。这项工作妈妈要做上很长时间，直到把米里的小沙石全部清理出来为止。妈妈淘米的动作很优美，葫芦瓢随着妈妈的手左右摆动，小沙石服服帖帖地沉在水底。曾经我也学着妈妈的样子试验都不成功，可是，无论我怎么努力，这些小沙石也不听我的话，多次的试验都不成功，只好作罢。妈妈把大黄米面和玉米面混合，烫一小部分，再加适量的凉水和成面团，放到热炕上发酵。妈妈把泡了一天的红小豆放到铁锅里煮豆馅，在铁锅里翻滚的红豆，带着根茎的香，与燃烧的豆秸灰的香气融为一体，暖暖的、朴实的清香和散发着食物的甜香至今让我垂涎。

在乡村，人们做饭基本都是烧玉米秸，一捆玉米秸可以做一顿饭，这些玉米秸煮出来的饭，是现在的电饭锅无法比拟的，开锅后的饭香顺着铁锅的边缘散发出来，勾起了每个人的食欲。秸秆在灶膛里燃烧着，红红的火光舔着灶釜，照亮烧火人的脸，照亮了他们的幸福。燃烧的秸秆灰是上好的肥料，发酵好后用马车拉到田里，待到来年春头，这些草木灰又有了新的生命，勤劳的乡村人懂得取之于田，用之于田，他们的根扎在泥土里，世世代代生生不息。

那时的日子贫穷，香喷喷的爆米花是小孩子们最好的零食。每当听见崩爆米花的老头一声吆喝，我们都会放下手中的书本，拿一个袋子装上晒干的玉米，挎上一土篮的玉米芯，从妈妈手中接过几角钱，匆匆地跑向村口。崩爆米花的老头是邻村的，60多岁的样子，身上的衣服油光锃亮，推一辆小车，每隔10天左右来1次村子。崩爆米花的老头把爆米花机固定在墙角，一边添玉米芯，一边用手摇风箱，一边看爆米花机上的压力表。一会儿工夫，一锅白色的爆米花散发着浓浓的玉米香，扑入我们每一个人的鼻孔，这种甜香存在我们的记忆中，无论我们走到哪里，都不会忘记。

沿街叫卖的冰糖葫芦，是我们这些小孩儿的最爱，随着小贩一声声清脆悠扬的吆喝，那声音具有极强的穿透力，顺着冬日寒凉的空气传到我们这些吃货的耳中，随即一个个小脑袋从各家的大门口探出头来。晶莹的冰糖葫芦在冬日暖阳的照射下，将果实的鲜艳欲滴斑斓地映照出来，煞是醒目诱人。冰糖葫芦是冬日里最应景儿的美味，一串香甜的冰糖葫芦，是一个个最美好的回忆，那香甜里夹杂着冬的阵阵凉意，夹杂着舌尖留下的唾液，一口吞下肚子，品出的香甜与美味是冬天最直接的味道。

冰糖葫芦是我们北方冬日里最美味的小食品，能吃上一串冰糖葫芦是一件很享受的事。一根竹签，串起一颗颗裹着冰糖的山楂果，饱满的果实叠罗汉似的排成了一队，插在小贩用高粱秆绑起的靶子上，惹得我们口水直流。有时，妈妈也不给买，只能眼巴巴地看着小贩离去，不是妈妈狠心，那时的日子的确困难。长大后，我去过很多地方，吃过各种果实的冰糖葫芦，却再也找不到童年冰糖葫芦的味道了。那种脆甜的口感，让人欲罢不能，它留在我的记忆里，在我遇到困难和迷茫时给了我力量。

轻嗅着冬的味道，在浅淡的清香里打开记忆的闸门，触摸着岁月的痕迹，村庄在四季的风里没有改变原来的模样，那些记忆里的清香，一直温暖着我们，直到永远。

- 冬雪 -

康娜

一茅草房，一垄田地，一座村庄，披着白的衣裳，是静的；洁白的雪子纷纷扬扬、飘飘洒洒，柔美蹁跹，是动的。这是涌于作者笔端的画，花残露冷，风烟俱净，动静相谐。

粒粒白花，飞一山、越一岭，山一程、水一程，漫山遍野，镶银点翠，任意西东，只是为赴一场旷世之约，慰藉那场岁岁的别离。这是怀春的女子织成的梦，纠缠在心头的一抹轻柔。

文人的胸怀里，烟雾迷蒙，天晦微雪，正好吟几首旧词、填几阕诗行，把江山岁月都揉进了字里行间。那清淡的水墨香里，一个俊白清瘦的男子，肌骨清澈，在雪中披衣而立，丝丝牵动曲折九转的心，念念不忘。

或是一段古典迂回的故事里，一位袅袅婷婷环佩叮当的绿衣女子，叩响那黄铜门环，迈着轻盈的碎步，踩过阶上的青苔，带风的衣袂绕过木制的回廊，停在那扇红漆的门庭外，抖落身上的积雪，捧起新缝制的狐裘，轻轻地说了一声，"公子，该添衣了。"话语间温软香暖。

这个时候，若踟蹰于农家的烟火，也是极美的。那就寻一堆干柴，生上一个火炉。刨出埋在窖里的大白菜，白菜要酸辣的，切一些坛子里腌制的水萝卜，要切成丝儿的，再打开封藏了一季的米酒，酒要温热的，仰脖入喉，"吱儿"的一声，口里意浓，杯底清风。

天弄一场雪，片片互玲珑。一直觉得，雪是落在地上的星，是天地之间的约定。这一场旷世绝恋，是相遇，也是重逢，这一次倾情相拥，有多少个一枯一荣、一散一聚、一死一生。

但对大地来说，雪落之时，便是这一岁里最幸福的时刻。她唤梅花开着，唤冬青迎着，自己在紧梳妆、慢打扮，粉妆玉砌，默不作声，多少个日夜的遥望、多少个千山万水、多少个天地之隔，等到了今次的一个拥抱，心里怎么能不悄悄地美呢。

落雪时，可以什么都不做，只是静静望着空旷辽远的天地，发发呆。如若觉得如此太过奢侈，就去院儿里，以树叶做眼、以红萝卜做鼻，再用报纸做上一顶尖尖的帽，雪人的模样，就是心里某个人的模样。

思起那首诗，"愁人正在书窗下，一片飞来一片寒。"还想，若是相爱的两个人，一别经年，如若相逢，定会相看两不厌，定不会愁绪漫天的。

世间的爱，无言最是深情。雪不住地落下，白了一层层山峦，冻了一道道河流，好的、不好的，美的、不美的，都妆成了洁白的颜色，都是至纯至美的心意。

世间的情，无语爱意才最浓。看似洒洒然，实则情深重。这一场雪，似已沧桑的你，赴千里万里而来，遁无踪无迹而去，留下了一个季节的思念，一缕缠绵悱恻的气息。

佳期如梦，思念化雪。修一山清风，落一场香雪，赴一场约定，得一季宿缘。任雪花落在秀发，钻入怀里，落在眉间，这样的日子，徜徉在天地间，内心清澈，了无杂念，这一刻，混沌散开，污浊逸去，天地白茫茫，真干净！

粒粒雪子，霏霏如萤，落叶为露，覆土成泥，入手心不见。这一场浩雪，这一程山水，来时随喜，去时随乐。只是，来的那一天，花等得凋落了，叶等得飘零了，水等得凝固了，万物都在静默着、等待着。

寂寥小雪闲中过，斑驳轻霜鬓上加。初雪，天气微凉，但因相遇，而香、而暖。

或许下一季，雪来了，人却老了，皓首苍颜，发丝飞雪。那就拄着拐杖，斜倚在门前，等风起，等雪来。因为，那场雪，或早或晚，不早不晚，总会来的。

02

万物有灵且美

－ 天地兰 －

卜白

每次从伏牛山回来，我都后悔自己没有带回一棵野生兰草。

可转念就不后悔了。

这样的内心纠结，每次去山里，每次想到伏牛山，每次想到野生兰，都会重新上演一遍。

到底，还是没有带回一棵野生的兰，连一片叶子，也没有带回来过。

真正与野生兰接触也是很久以前的事了。

那是一个久远的夏季。

我和几个画家，一起去山里画画。一个傍晚，彩霞满天。我们整整画了大半天，眼睛昏花，手脚疲惫。一个画家说要带我们去群山之巅，到山顶去看云雾缭绕，水系环山，活动活动筋骨，顺便俯瞰万顷碧绿，舒缓疲倦的眼睛，说不准还能看到大家早已期待的野生兰。

临走，我们还拎了一个大竹筐，希望路上能采点下酒的野生菌菇、泡茶的新鲜灵芝。

朋友是本地的土著，熟悉山里的一切。他说，我们来得不巧，今年太旱了，菌类生长得不旺，能不能采到就得看运气了。

越艰难，我们越兴奋。一路上，沿途看得很仔细。青苔，落叶，昆虫，花朵，野草，每过一处，都瞪大眼睛，看上好几遍，比画工整的细线条还用力，可谁也没有收获。

果然是旱得厉害。人家梯田上的玉米穗都没有大个头，歪歪扭扭，一个一个都畸形。玉米棒子还没有长大，就夭折了，给人一种胎死腹中的感觉。此时并非花生的收获季，但见叶片已经发黄，仿佛遭了虫灾。叶片处处空洞，还蜷曲着，想必一定是严重缺水了。

我们找了很久，没有任何收获。朋友安慰我们说，往年我们走过的地方，满满当当长得到处都是菌子，各种各样的都有。路面都是湿滑的。人走上去，一不小心就会踩空滑倒，哪像现在，地面都裂开了大口子。

好不容易，我在一块枯木下面，找到了一棵灵芝，很小很小，只有小手指头那么粗。这已经让大家兴奋不已了。本来朋友说是灵芝苗，要留下来，以后再采。

我们哪里肯，没等他话音落下，不知谁的手快，就迫不及待地拔了出来。

有了它，好在不是空手而归了。

一路下来，我们格外仔细，却也没有发现一棵野生兰草。

朋友说，兰草一般长在幽暗的深处，或高山之巅。这种人迹匆匆的地方，是野生兰断断不会生活的地方。

果然，兰草长在群山之巅。

我们走了一顿饭的时间，到达了山巅。

山顶很狭，细窄的一小块地。两棵成年玉米那么长，一竿开花的芝麻那么宽。地面凸凹，石质，布满大大小小的石块。

我们站在上面要格外小心。好在那里长了两棵歪脖树，枝丫扭着四仰八岔，我们可以扶着借点力。

那样局促的地方，竟然四处散落地生长着兰草。

野生兰就长在石缝里。兰叶从大大小小的缝里透出来，叶片茂密，颜色很绿，表面闪着革质的光泽，精神矍铄，没有一点缺水的意思。

一个画家，好不容易发现一丛根露在外面的兰草。趁我们不注意，他一把去拔，说想拿回去，放到他的庭院里。

可惜，没完全拔出来，根留在石头里面，只拔了地上部分。

山巅的兰草，根都扎得很深，徒手很难挖出来的。再说这个季节，已经错过养兰的好时节。人工培植的尚不可活，何况野生的。

画家觉得自己做了孽，回去一直用手捧着那棵兰，念了一路的经。他想让它多活几天，就把它交给了我。

我拿水杯和茶水，把它养起来，放到我们的大画案上。大家每天画画的时候，都可以看一看，它倒是结结实实又活了一些日子。

但我们对兰草的期待，并未就此破灭。

每每看到院子里的盆栽兰，我们都艳羡不已。

那是主人早早从山上挖下来的兰草，正在盆里接受锻炼。但每年经受过炼苗，活下来的寥寥。庄园主人每年会四处挖一些野生的兰，人工驯化、培植。多年下来，能存活熬到开花闻香的，实在太少了。

野生兰的叶，细长，很瘦。花不肥不瘦，很香，能开很久。它独居，孤单，也许孤独。

它远离人群，长在山巅，身披薄雾，头戴朝露，吸天地精华，纳日月灵气。

我们在纷扰的人世，看似热热闹闹的一生，其实，也不过像一棵野生的兰。花开花落的人生，不过是今日东念压倒西念，明日西念压倒东念。

我们和野生兰一样，终其一生，不过是在自我博弈。

所以，这样的风骨，见了就一定会记得、会回想。

我见这兰花，是在天地岭，一个群山之巅的小岭上。所以，当地人都叫它天地兰。

接通自己与天与地的花草，幽居在山野，大山才是它的原乡。

就让它留在深山，一直这样留有缺憾，一直念着，也好。

－ 菊事 －

周静灵

菊是有伤感气质的花朵。

深秋过后，花都开完了。

窗外，银杏叶飘坠，不厌其烦地唯美着……

院角有两盆菊，鹅黄浅碧，衬着绿叶，盈盈立于枝头。菊正怒放，蕊已爆开，丝状的花瓣，薄如轻绢，一缕缕的，打着卷，拧着劲，从花的顶端抽出，层层叠叠，洋洋洒洒，无限的曼妙。茎瘦，花肥，菊便弯着腰，低眉颔首。像一位读书人，彬彬有礼地谦恭着。抬眼望去，连院落也跟着端庄了。

瘦西湖的万花园里每年都有一场浩荡的菊花展，各种名贵的菊竞相开放，凝脂鲜翠。红似火，白如雪，黄若金，粉如霞……一季花事，腾腾烈烈。菊们百媚绽放，都将自己扯成千丝万缕，要讨好谁似的，迎着冷风，拼了命地开，像在吊唁时光之逝，又像是要硬生生地再开出一个春天来。想那荒郊的野菊，势必也已开到荼蘼花事了。

于花而言，牡丹富贵，桂花敦厚，梅孤傲，兰清幽，菊呢？谦卑，孤清，而又隐忍。

清明节的墓园里，看那满目的黄、满目的荒凉，还有铺天盖地的哀伤，你就知道，菊有多善良。

雨后的秋，寂寥，有凛冽的寒凉。地上落满了瘦黄叶，满地的黄蔓延，堆着叠着，泼泼洒洒。

一场冷风，又一场苦雨。

看开败的菊真不堪啊！倒在风中，半是凄清半是凋零，洇染着化不开的悲凉，仿佛端了一碗水，心一惊，手一抖，水泼了，一地的哀伤。

> 待到秋来九月八，
> 我花开后百花杀。
> 冲天香阵透长安，
> 满城尽带黄金甲。

这菊，想开成一世倾城的模样，那要忍受多少冷风的肃杀？寒露重重恶啊！即便轻肌弱骨，也要在这秋天媚这把晚凉！

站在角落，我发出了一声最心酸的叹息……

午后，泡了一杯隔年的杭白菊，茶已凉，菊，静静地开了。氤氲的雾气在杯壁凝成水珠，晶莹剔透。

那水珠，似泪，已悄然滑落。

－ 有花为仙 －

曹林燕

家里的一些花木开始有些倦了。

母亲说：你重新修剪一番，兴许会更好看些！我说：只是些花花草草而已，当初侍养它们不过是为了取悦一段光阴，随它们去罢！说这些漫不经心的话时，我正看专题系列片《河西走廊》。整个下午，陶醉于穿越千年古道的丝绸文明给人类所带来的惊喜，只顾着心中波澜起伏，却忘记了脖颈是会酸疼的，腰身也会困乏了，眼睛亦会有些发涩的。

母亲在一旁提醒道：起身活动一下，看看你的花儿，调节调节，感觉会好些！

于是我便关了电视，去看我的花儿们。

它们总是这般的好：在特定的时节或场景里适时地开了，有的羞涩涩的，似藏着万般心事；有的很缠，似有不尽的牵挂；有的妖灼盛气，有的密匝热情；或素或艳，香色或浓或淡，都觉可爱！

靠窗的一小树花木，叶片有些衰乏，枝干倦倦的，似很落魄。喂养了一些水，修剪了残余，立刻便多了几分姿态与质感，有了骨力。

水仙茂了一盆又一盆，风信子开了两茬，吊兰长长地垂挂在空中，鸭脚木扑扑地向四周蓬长着，椒草的叶片有了肉质，景天坐如莲心，吊竹梅纤柔优美……游离花间，拨拨弄弄，翻翻展展，此番况景，真是既消磨又安稳。

绿萝是最温情的，不惊不乍，开得稳妥，开得舒心养眼。阳台、客厅、书房、卧室、过廊、甚至厨间，都有它的影子。绿得生机出尘，如小令一般明朗清奇。这种花极好养，剪几枝插入瓶中，只要水分充足，温暖合适，要不了多久，它便会生出根须长出新叶来。

仙人球长得相对逼仄冷峻些，满身的肉刺，让人望而生畏！我一般是不会惹它的，它不喜水，脾气不好，给它松土时都须得小心！不过，它很有气场，蚊虫也都怕它，置于屋内，多了些霸气！

想必花木都是有灵性。平日里对它们不上心，便不觉得美，忽然间入了心，就觉得它们的清新可爱来！

这样思量着，颈也不疼，腰也不酸，眼睛也不涩了！

原来花木的好是说不完的。黄岳渊先生在《花经》的"序言"中也道出了养花的诸多好处来："庭园非以充装饰，示富有也，公余之暇，精神上非得安慰不可；若置身庭园之间，见彼一花一木，一泉一石，位置得宜，心神怡旷，足以息忧虑，而去烦恼，身体为之康强，生命可以悠久，其益诚非浅鲜。"他与儿子黄德邻皆为爱花之人，他们养花不但长寿而且养出了精神文明，养出了知己，养出了《花经》，为世人所敬仰！

德国人养花喜欢放在窗外，是为了悦人悦己；中国人养花大都喜欢放于室内给自己看，这是精神世界的价值观不同。

老舍先生关于养花的乐趣这样写道："有喜有忧，有笑有泪，有花有实，有香有色，既须劳动，又长见识，这就是养花的乐趣。"

有花为仙，努力地学着养花，学着养情操，养精神，养学问，也学着养家，养国，养人生。

－ 玉兰花开 －

玉壶冰心

清晨，我打开紧闭的窗子，昨夜的雨依然在似有若无地下着。深深地呼吸这雨中清新的空气，似有恬淡的香味儿飘进窗来，令我心旷神怡，这是什么花儿，赶来清晨与我相见？

哦，玉兰，一定是那株玉兰！我在心里暗暗地说着，往窗外看去，果然，街道两旁的玉兰树，在点点微雨中悄然绽放。昨夜的雨并没有使它们凋零，反而在这样一个清晨开得如火如荼，芳香四溢。我窗外的这株，那枝头上的白玉兰，一朵一朵，如雪伏枝，洁白如玉，又好似天上飘落的白云，轻盈地落在枝头，那样优雅，在微风细雨中轻盈地舞蹈。

我静静地看着这一树玉兰，我想，这是简单而又纯粹的花儿，它高高地绽放在枝头，那样圣洁、明亮，散发着芬芳和光芒。在绿叶还没来的时候，在乍暖还寒的早春天气，就早早冒出花蕾，开始给我们惊喜和快乐的等待，又似乎在一夜之间，便灼灼绽放，绽放成风姿绰约的奇葩，风情万种，为繁华的都市，添一抹浓重的诗情画意。

一阵风挟着雨吹来，玉兰树轻轻地摆动，有花瓣一片片地落下来，落在地上，如雪。看着飘落的玉兰花瓣，我无端地可惜起这一树玉兰，可惜它花开得寂寞，可惜它花谢得孤单。但是，玉兰也许并不像我这样想，依然是优雅地开，即便落去，也是那样沉静、安稳，宠辱不惊，即便遭受风雨摧残"零落成泥碾作尘"，也会在人间留下"香如故"。我想，这就是玉兰吧，花开就是花开，为什么非要有人叫好、有人喝彩？为什么非要为了迎合世俗的赞美而隐忍自己内心的渴望？完完全全，欢欢喜喜地做一回玉兰树，为了自己，好好开一回，开一树自己喜欢的美丽与芬芳！

这是一个多美丽的清晨，玉兰花静静地开放，阵阵花香轻柔地亲吻我的脸庞，春雨，润物细无声，像是在诉说一个新希望。感谢这一个清晨，赠予我一个芬芳的邂逅！感谢玉兰，美丽了我的窗子，更美丽了我的生命！

- 半亩花田 -

吴红梅

许多年过去了，仍然会想起家中院落里，那半亩花田。

父亲一直是喜欢花花草草的，故此，院落中，除了早年植下的几棵桃树、苹果树、梨树，凡是空白的地方，都被父亲开辟成了他的"战场"——参过军的父亲，习惯将一切打理得井井有条。

于是，春天来临时，父亲将空地翻整一番，种下花生、向日葵、月季。那时，是比较兴染指甲的年代，在空地的间隙，父亲也不忘了替我和姐姐撒下几粒指甲草的种子。

几场春雨过后，那些种子开始发芽，小脑袋一个接一个露了出来。一天又一天，小苗们长高了、开花了。

向日葵黄灿灿得开了，花盘四周，蜜蜂每日里不辞辛苦前来采蜜，"嗡嗡"声不绝入耳。花下，不显眼的落花生，静默着——它的果实藏在地下，只有等待花枝逐渐干枯的时候，才是果实成熟的预告。娇艳的指甲草，一点儿也不示弱，它们迎着骄阳，挺直了身躯，那份自信和骄傲，不容忽视。各色月季，也如同开了竞技会似的，你不让我、我不让你地开得正欢。

半亩花田里，也少不了不请自到的客人——夜晚降临后，蟋蟀的演唱会开得不亦乐乎。不知趣的癞蛤蟆，也扯开了嗓子一通高歌，丝毫也不逊于蟋蟀。花下，那些知名不知名的小虫，忙碌在自己的世界里，蚂蚁忙着觅食，甲壳虫急着去见朋友……

瞧，父亲的半亩花田，是多么热闹，又多么有趣。

常见下了班回家的父亲，时常对着半亩花田深醉不已，仿佛忘记了长途骑车归来的疲惫。

落花生成熟的时候，和父亲一起收集，揪着枝干，使劲拔起，深埋在底下的果实被连土带起，竟然每株都颗粒饱满。

"刚熟的花生，有一股脆生生的味道，不信，你们试一下。"

掰开花生壳，将裹着红外衣的花生放进嘴里，慢慢咀嚼起来，果然是那么脆生生的，那淡淡的涩，来自于它的红外衣。"白房子，红帐子，里面住着个白胖子。"大多数人都知道这个民间谚语，讲的就是落花生。

我和姐姐最最偏爱的，自然是那指甲草。晚上睡觉前，将花朵摘下，找来家中的明矾，用它将花瓣在器皿中捣碎了，再小心地敷在指甲上，用豌豆叶或者核桃叶包裹严实，再用绳子紧紧扎好，这一晚上，觉是需要安然睡的，不然，一切的努力就等于白费了。在我童年的记忆中，染指甲的历史一直是以失败而告终的——第二天早起时，前夜还包裹严实的指甲，此刻定然狼狈不堪，而指甲必然是没有染红的，染红的只是指甲两边的肉，指甲呢，至多也只是个淡淡的红。指甲草染不红我的指甲，这在我童年的岁月里，竟然屡试不爽，真是奇之又奇。

半亩花田，逐渐缩小了面积，最后，缩在院落的一角。那只叫个不停的癞蛤蟆，悄然间长大了不少，噪声也大了不少。终于，我们都忍受不了它的"夜半歌声"，于是，父亲一铁锹将它扔进了葫芦河。

半亩花田里，逐渐只剩了月季花在开。娇艳的花儿，不论是在雨夜里，还是在艳阳下，一样花开花落，是那别样的风情万种。

等全家搬迁后，半亩花田因无人看管，渐渐荒芜了。

成年以后，慢慢体会到，童年的那半亩花田，其实，是父亲给我们全家的爱。

世间的父爱，一般都是很羞涩的，它往往隐藏在无人察觉的某个角落，不易表达，不喜直白。

当年的父亲，其实，正是用他那种方式，表达着对我们、对家庭的一种爱。

当年的那半亩花田，也深藏在我的几十年的记忆之中，不曾褪色，不曾走远。

－ 蒲公英 －

吴红梅

又是一年春暖花开的季节。

似乎是在一夜之间，视线所极之处，都布满了蒲公英的影子。放眼望去，总是黄灿灿一片，不邀宠，亦不张扬，只静静地开在春日的阳光之中，自得自乐。

蒲公英，对历经过三年困难岁月的人而言，是再普通不过的记忆。于草根阶层，它又是寻常百姓家的"座上客"——拌凉菜，摘下花朵来，也一样可以愉悦人们的心情。

阳光之下，蒲公英笑开了脸，这下，可忙坏了蜜蜂，来来回回，不知采了多少趟蜜。

丝丝春雨，春雨丝丝，如丝的春雨过后，就有成片成片的蒲公英，黄灿灿地铺满在草丛间、山坡上、田地里……阳光之下，蒲公英淡淡然开了，谢了；谢了，又开了……微风徐来，将它们的花种带到了世界的各个角落，来年里，将会有更多的蒲公英花蕊依次绽放，世界也将多一份清淡和平实。

蒲公英，似乎命中注定了是属于有风的季节的。它们四海为家，以风为媒，落地成根，然后开花结果，又随风而去，仅就这一份超然和缥缈，就足以让我们展开丰富的想象力，想象它们来自于一个什么样的环境，又有过一个又一个怎样不凡的经历。

有的时候，对蒲公英，竟有一些羡慕——可以来去自由，尽情花开花谢，却在开幕与谢幕之间，从不去计较有没有人曾经注目，有没有人曾经留意过自己花开花谢的过程。它们享受着整个仅属于自己的生命的全过程，安然、坦荡、恬静，却像阳光一般，照亮你我的心灵。

蒲公英，应该是属于空灵类的植物，还有那些散落在角角落落间的有名无名的野花野草们，那份淡定与无争，于世人而言，想要做到，也不是特别容易的事情。

春天夏日里，三五朋友，抑或家人，来一次郊游，嬉戏玩乐之后，席地而坐，周遭是一片一片的蒲公英，风中送来淡淡的花香，那种惬意和舒心，是不是你所喜欢的？黄花、绿草、土地、人、远山、树木……是不是很有田园的味道？

陶渊明是赛过活神仙的，他不为五斗米而折腰，挂靴而去，却在"采菊东篱下，悠然见南山"的田园诗歌般的日子中，静享人世间的美景，独自品尝心灵深处的平静、宁和与超脱。这份行走在人世间的从容，对当前处在物欲横流的凡人而言，是一种奢求，也是一种难以到达的境界。

人有人品，花有花品。蒲公英，它的品质，也不会低。它们是风的孩子，在风中精彩，并且缤纷，成为这个世界另一种风景。

很多很多年以后，忽然很羡慕陶渊明，忽然也希望某一天自己也可以脱离俗世转身归隐，结庐而居，那样，就可以尽收满眼满世界的那一片明黄色。

- 皂角花开 -

高翔

站在皂角树下，他细细地打量着它。

皂角树粗大的干表皮像脚下的土地一样粗粝，褶皱纵横，深褐的颜色像壮汉的肌肤，雄武厚实，看了会给人以力量和安全感，有一种想要抚摸想要靠近的冲动。

皂角树正繁花似锦。一簇一簇玉白的小花掩映在蓊郁的枝叶间，散发着幽幽的清香。它不炫耀，却依然那样张目，就如恬淡温婉的女子，低调却自然流溢芳华。

繁花盛开的皂角树在光影里站成了独特的风景，守望着娑婆的岁月，守护着沧桑的变迁。

可先前见到的它，全然不是现在的样子。

那次，时已暮秋。踩着逼仄坎坷的羊肠小道来到这个小山村的时候，他的脚被一路的碎石硌得生疼，已经一瘸一拐的了，丛生的荆棘在手背上也留下了几条划痕，沁出的血凝结成枯瘪的野酸枣色。

真想不到还有如此偏远的村子，他嘴上嘀咕着，大脑的空间都被惊愕占据了。

村子里稀稀落落地散居着七八户人家，12口人，平均年龄约莫60以上，多属老弱，耕作着山间星罗棋布般的贫瘠的土地，广种薄收，难以为继。两三户人家的窑洞已破败不堪了，颓塌半边的洞口述说着时运的窘迫和艰难，墙角和地面的霉苔见证着院落的荒凉和寂寥。院门和院墙久经风霜雨雪的侵蚀，如年老缺牙的脸孔。

一位羸瘦的大妈一边抹着眼泪一边给他捧出枯瘪的酸枣。他拣起几颗放在嘴边的时候，觉得好沉，把他压抑得几乎喘不过气来。

那时，村口就站着这棵皂角树，它苍老，嶙峋，孤单。

他走近它，抚摸着它糙如碎石的表皮。暮秋斑驳的光点，如同滴滴泪痕，在皲裂的风里悲泣。梢头已然片叶不存了，枯干的树枝凌乱地伸向空中，无力、无助、无望，让人心里一阵阵的悲凉。枝叶间的鸟巢摇摇晃晃，"大厦将倾"的样子。他替那只在风里鸣叫的鹊揪心。

它就这样站着，苍老、嶙峋、孤单。

但，执着，执着地守护着村子。

一位头发凌乱如枯干树枝的老人颤巍巍地走近他，满怀疑惑但又不无期待地问，还真有人记得我们吗？我们搬出去还有指望吗？

他回望着一双双渴求的眼睛，重重地点几下头，说，能。

现在，皂角花正盛开，一树的葱翠、一树的玉白、一树的梦呓，而那个破落颓丧的村子已经走进了历史的深巷，看不到身影了，皂角树依然是一位守护者，既守护着历史，也守护着山脚下那个平坦崭新的小村子和村子里的人们。

好安逸的一树花呀！他深深地吸一口气，又长长地吐出一口气。

- 吟菊花 -

郑金洲

从春天里走来，带一份怯怯的绿意，款款地摇曳着裙裾。姹紫嫣红的季节，菊，沉默着、憧憬着，畅想而期待。

百花争艳，芬菲绚烂。繁华的喧嚣里，菊，卑微，平凡，任人践踏，却倔强地挺起残枝，为春夏尽力地绵延着爱意。集百花之艳，采众卉之雅。丰盈成葱郁的生命，缱绻着盎然的生机，蓬勃起饱满的蓓蕾，浓醮盛夏的热情，于天地的素笺上，苗壮了一行行绿色的诗句。

不知道，这文字能否打湿秋的思绪。于是，静寂的午夜，时常遥望星空，思念秋的深邃和蔚蓝，温暖和豁达，高洁和空旷，深情和果毅。任西风肆虐，寒雨淋漓，孤独蚀骨。也要颤抖地剖开心扉，对你表白衷情。阳光灿烂之时，才惊异自己，伊人憔悴，相思成痴！渐渐地，风雨穿透了襟怀，沧桑浓郁了青涩。岁月的煎熬中，思念与柔情，悲欢与离合，揉捻成多彩的花瓣，期待着于秋最美的时光绽放。

也知道，秋，更惊艳满山红叶的绚烂，青睐深谷静潭的潋滟，震撼海洋波澜的壮观，慨叹绝壁瀑布的雄伟。而菊，只能可怜地摇曳着，摇曳着从春夏里积攒的艳雅、幽香，腼腆着欲语又休的花蕊。尽管也有春的柔肠、夏的热情，而更多的却是相思发酵后的金黄忧伤，心事玲珑成诗时的一瓣瓣洁白衷肠。那洁白呀，是对已逝青春的祭奠，抑或是一场相思无果的悲怆？

西风瑟瑟，菊，哽咽成一阵阵无可奈何的漂泊，一瓣、一瓣陨落，凋零，凄美成遍山遍野的狼藉、斑斓的壮观！

更知道，菊，没有梅的冷艳。注定了为秋而来，又为秋而去。就算铅华凋残，葱郁枯萎，直至北风怒吼，也会拼力绽放那份决绝的深情，吐露出无比圣洁的爱恋。只有那淡淡的、清清的、幽幽的芬香，在漆黑的夜空里，弥漫，沉浮。寒塘鹤影，香魂茕子？

有时，甚至幻想：青帝垂怜，授与桃花一起开放。在春日里多一份娇媚，少一份相思。菊的嫣然里，更多点温馨甜美的回忆，少了很多、很多泪的咸苦。从此，再没人感叹：孤标傲世偕谁隐，一样花开为底迟。也不用担心：爱，会变成沉甸甸的负担，于秋的漠视中憔悴彷徨。甚至忍痛选择潇洒地放手，成全秋的高远浪漫。

更加，更加知道，冬天来了，低垂着乌云怜悯地收拾起菊的执着和痴情，静静地掩埋。那雪花，剔透晶莹，在山峦，在原野，铺天盖地纷纷扬扬。

唯有那缕缕幽幽的香魂，总不肯躺在冬的怀抱，于呼啸的寒风中颤颤地飘荡，钻入诗人的眼里，凝固成行行清泪；飘进断肠者胸中，吟咏成汨汨血色的忧伤！

- 沉默如兰 -

宁迟墨

沉默在沉默深处，寂静在寂静内心，寻遍山水迢迢，长恨春归，无觅处。

一支不绚烂、不夺目，低低的吐香、寻香而来，一低眉的素净。叶，青碧，悠然地，似水，摇曳在风里；香，清淡，幽微地，似梦，袅袅地摆起。原来，是一株兰。在如此荒芜、如此寥落之地，她如此沉默，又如此安静。杳无人迹，她这又是何必？如此地，挣扎出一片清寂，把荒芜拾了，换一处安宁，把寥落去了，守一处归心。可是啊，并无人！这么美好，又这么倔强，也许，她并不是为了人声。

谁说，努力是为了你的观赏？谁说，安静是为了你的打扰？

或许，兰生空谷，恰是选择。世间千万处归所，她独独爱的，只是这一处你不来的安宁。荒芜，又如何？寥落，又如何？得之我心，便是幸运。

红尘万丈，热闹三千，独取这一山的无人问，这一地的无人识。

有人叹，可惜，有人存疑，只是，即便识了，问了，又当如何？

移兰于庭院，日夜培育，引佳邻同赏，与好友共欢，画之，咏之，然，可为兰心？世间的兰，常被叹"俗"，非是兰俗，长于红尘之间，怎能不俗？若喜人间烟火气，自是清欢自在闲，可惜，兰不是。兰，非红尘之物，本性非俗，强行移之，只好不伦不类，罢了。无性之兰，可还是兰？

其实，世间兰，也好看。叶，青碧，颀而长，花，繁丽，艳而明，只是，那香，闻不到，或许有，或许已杂了尘埃。一株株兰，从庭院移出，从此处到彼处，并无什么分别。或许，庭中之兰，已然不记祖先。好端端一空谷君子，长成了人间富贵花，花娇而易败，需精心呵护，日日关照，养着，也觉厌烦，不如养一河边草，不为其花，只爱这点绿，这一处自然。纵是如此，每一株草都会开花的，谁能说那河畔的芦苇花不如庭院的娇兰？

见眼前之兰，思家中之兰，原来，终究错了。爱花的人，倘若不能还花以本性，哪里算得上是爱字呢？强行改了她性情，将清水芙蓉改作人间富贵，将山中隐者磨成红尘俗客，美其名曰，适者生存，真真可笑！像曾经所学《病梅馆记》，"养其旁条，删其密，夭其稚枝，锄其直，遏其生气，以求重价，而江浙之梅皆病"，细细思来，梅有何辜？全因人心念起。像"楚王好细腰，宫中多饿死"，那些女子又有何辜？上有所好，下必甚焉。似乎，从植物，到人，往往如此，多么悲哀！

于风中久立，微微凉。兰，依然如初见的模样，沉默如常。

她，低眉素净，敛目清寂。叶，青碧悠长，于风中摇曳，自在欢喜，香，清淡幽微，袅袅地扬起，自由洒脱。花，是她普普通通的模样，自是人间的一种不同寻常。倘使能知本性，择本心而居、而行、而言，世间千万种烦忧，又于我有何挂念？

沉默在沉默深处，寂静在寂静内心，兰始终无言，而我已寻得。山水迢迢，红尘千里，我自寻心而安，随心自处。细捧一掬安静，把岁月过成素净的模样。

－ 谦卑木芙蓉 －

董士兢

我和木芙蓉的感情有好多年了，不知是前世的缘，还是今世的分，她似乎已驻进我灵魂的最深处，或许我们有着同样的命运吧？早想为她写点什么，可我一直无法定调，我是个悲情的人，怕写出的东西伤着大家的心，便迟迟不敢动笔。梅子说，你应该赞美她，我想，她说的是有道理的。

四季更替，转眼又是一个秋，繁花已落尽，百叶已凋零，唯有芙蓉花却迎着晚秋的风霜，孤独而寂静地开放着，不与百花争宠，只为秋的萧瑟添上一抹精彩，难怪白居易说："莫怕秋无伴愁物，水莲花尽木莲开"。

我是个园丁，一辈子与花草结缘，阅花无数，可我最宠的还是芙蓉。在我设计的园林中，总是少不了木芙蓉的。

木芙蓉似乎与水有缘，但凡湖畔、溪边，总有她那清丽而脱俗的身影，宛如刚出浴的美人，迷人的花影揉碎在粼粼的波光里，想必你也心醉了。这时，你闭上眼睛，仿佛可以听见芙蓉花绽放的声音。

如果是黄昏，雨后微霞，你也携着一个美人伫立花丛中，再飘来一曲丝竹声，那便是一道绝美的风景了。这不禁让我想起晴雯蒙着夭折，多情公子为她撰写《芙蓉诔》的画面了。

在我的窗下，就栽了一棵木芙蓉，一棵叫"三醉"的木芙蓉，该有8个年头了吧，一直不离不弃地陪着我，我为她浇水，为她疗伤，她为我开花，陪我欢笑。

今年的"三醉"尤为出彩。清晨，我拉开窗帘，哇！秋风中，满树繁花，一群群，一簇簇，惊扰着秋的寂静，在那微风中任性地摇曳着。有情窦初开的，有含情脉脉的，有妩媚惊心、摄人魂魄的，恰是这般热闹，引来了无数的蝴蝶、蜜蜂，在花蕊里打着滚，采着蜜，让花一日憔悴。

"三醉"，便是花朵的一日三变。清晨是奶白，中午转粉红，到了傍晚，再变成绯绯的枣红色，宛如一个个百变的魔术师，精彩纷呈。清晨，那轻柔玉润的花瓣，有如绸缎般光滑细腻；傍晚，该谢幕的花与待放的苞交相辉映，五彩缤纷。花是要谢了，可是，你见不到，那纷纷扬扬的花瓣，有的只是，慢慢团起来的花苞。生命将尽时，她拼尽最后一丝力气，把片片花瓣轻轻收拢，紧紧拥抱，优雅作揖，与我告别。她仿佛在告诉我，她要用她的一生，来诠释什么叫"为而不争"的含义。

木芙蓉，我是爱之若痴。要说更可爱的，莫过于五代十国时的后蜀主孟昶了。他为了宠爱他的妃子"花蕊夫人"，就在成都城，大片大片种植木芙蓉。每当金秋九月，"四十里如锦绣"，令人神往。这倒也成了成都城的亮点了，也为今天的成都选择了最美的市花，这大概是"蓉城"这一名称的由来吧。

吕本中也是个同道中人，他盛赞木芙蓉，说她不畏强暴，经霜愈艳，其骨气比桃李强多了，他在诗中赞道：

> 小池南畔木芙蓉，雨后霜前着意红。
> 犹胜无言旧桃李，一生开落任东风。

诗人把木芙蓉，当成南宋爱国志士的象征了，而对宋高宗赵构之流的软弱，只能用桃李来形容了。两种花，两种品格，其意是不言而喻的。

说到吕本中，便让我又想起了另一个人，范成大。范兄的心境，似乎跟我一般悲观，借着花发发牢骚，聊慰一下自己孤独而凄清的心。他把木芙蓉，写得也太孤苦、心酸，处境凄凉了吧。

> 辛苦孤花破小寒，花心应似客心酸。
> 更凭青女留连得，未作愁红怨绿看。

其实，他想说的是，坚贞不屈才是木芙蓉的品格，虽然漂泊而不逢时，但有一种绝不向命运低头的坚强意志。不择环境，耐得住贫瘠，守得住卑微。当然，花的心思，范兄是懂的，我也是懂的。

常言说，十月芙蓉赛牡丹。可是，杨贵妃独爱牡丹，因为牡丹高贵，周敦颐独爱莲花，因为莲花圣洁。是的，如果把牡丹比作贵妇，把莲花比作仙子，那么，木芙蓉，顶多只能算是大观园里的小丫环，身为下贱，却心比天高，难怪曹雪芹让晴雯成为木芙蓉的化身了。木芙蓉没有高贵的血统，不及牡丹，也不如莲花，她实在太平凡了，平凡得常不受人待见。《镜花缘》的作者李汝珍，就说木芙蓉，"虽媚态娇姿，奈朝开暮落，其性无常，且无芬芳，属下等之婢"，这令我有点讨厌他了。

然而，人生总是在失落中思索，在失落中成长，原有的愤愤也渐渐淡忘，沉淀于心了。一半是对"采菊东篱下，悠然见南山"的追求，一半是对残缺的接纳。曾经看不惯、受不了的，如今不过淡然一笑。"我和谁都不争，和谁争我都不屑。"残缺也是一种美，如维纳斯的断臂，又如梵高的葵花，向着秋阳，丰盈饱满，在诠释着它的颓废。

我赞美木芙蓉，赞美她那感动灵魂的花色，赞美她那远离尘俗、洁身自好的品性。慎独的隐士，陶渊明以菊为知己，我以芙蓉为伴侣，淡然而从容，不求闻达于诸侯，在这个薄情的世界里深情地活着，做好自己足矣。《我只想成为我》，就以我这首小诗来结束这段文字吧！

《我只想成为我》

干吗惊扰我

我本与世无争

干吗惊扰我

我本沉寂而枯槁的灵魂

我只想成为我

无需你的感动

我已心如止水

无法静水流深

就让我静静地活吧

再让我静静地死

生死本是轮回

无需你的感动

- 又见彼岸花 -

董士兢

有朋友说，我是个灵魂孤独的人。是的，我烦透了这尘世的喧嚣，只想追求心中的那份宁静，于是我养成了每晚独步的习惯。

今晚的月色，洁净如水，或许是下过了雨吧，显得格外亲切。微云淡月夜朦胧，幽草虫鸣树影中，虫子的鸣声也似乎没有前几天那么焦躁了，柔美而动听。

山风湿湿的，很甜，摇曳着路边的狗尾草，毛茸茸地，因沾着些晶莹的露珠，更觉温润可爱，倒也露出了几分秋的气息。

微风拂后，草丛中露出一抹红色，即使是晚上，还是那么灿烂。我的心为之一颤，在这寂静的山林里，越显得惊骇脱俗。

我本是个喜欢拈花惹草的人，就追着那抹红色去了。猛的，让我的心一揪，一丝苍白的月光轻轻地抚摸着她，她孤怜地立在那微风夜露中，血红血红的眼，仰望着，纤弱纤弱的身，颤抖着。这是一株早开了的彼岸花。

我记得经书上说："彼岸花，开一千年，落一千年，花叶永不相见。情不为因果，缘注定生死。阴历八月，在黄泉路上，忘川之畔，就开满了大片大片的彼岸花。"

秋，本是个成熟、多情的季节，可我却平添了几分伤感，总有种悲，蔓绕于心，缱绻成殇。竹影婆娑空山寂，松风吟处夜莺啼。思绪飘逸中，我心戚戚，我不知道，是否是漫步在黄泉路上？

我蹲下身来，静静凝视着这株彼岸花，她朝我哀婉地诉说着，他们的前世和今生。曼珠是个娇美的少女，依稀江南女子小桥流水般清丽；沙华也是个英俊可爱、风华绝世的青年，俩人虽互生爱慕，却又命中相克，注定永世不能相见。

一对痴情人，经不住似水流年，他们忤逆了天规，偷偷会面，缠绵着，互诉衷肠："你可习惯了寂寞的感觉？我已熟悉了孤独的滋味。"每个夜晚，他们就这么纠结着心里的痛和疲惫，和着涩涩的泪，嚼着苦苦的伤，让心一点点愈合，让爱一日日澎湃，誓言要结下百年之好。

然而，良辰美景奈何天。天庭震怒，降下了魔咒，便让他们变成了一株彼岸花，一个是花，一个是叶。俩人虽修得同根，却又这般无奈，相念，不得相见，相爱，难能厮守，永世阴阳，独走彼岸路。

他们跪在佛前，求了佛500年，请佛还他们一段尘缘。我佛淡定，回了他们500遍，分分合合，不过是缘生缘灭。给他一碗忘情水，给她一碗孟婆汤。山涧溪水淙淙，林中夜色重重。我独坐花前，倾听着她从心里流出的故事。明年的叶，你是否也能听到今日花儿的忧伤？

我已泪眼蒙眬，欲诉欲泣，欲行又止，仿佛我久别的爱人，目光里透着凄凉，令我无法遗忘。漆黑的月夜，我守望着这一片深邃的星空，看不透，也望不穿。我的爱人，你在何方？今夜将为你沉沦，今夜相伴以泪，今夜无语话寂寥。

都叹牛郎与织女，可他们有盼七夕鹊桥相见的相会；都叹董永与七仙女，可他们能等"来年碧桃花开日，槐荫树下把子交"的重逢。我叹彼岸花，一个今世，一个往生，无情轮回中；我叹彼岸花，本是同根生，阴阳割昏晓；我叹彼岸花，往事已成空，还如一梦中。

曼珠和沙华，一段多么美好的爱情故事，结局过于凄苦了吧。在至高无上的玉帝面前，你们要学会隐忍，忤逆只能使你们的命运更加悽惨。即使我们身处岁月的监狱、现实的牢笼，如同我的狗，被关在狭小笼子里一样，也学会了屈服，尽管我们的心灵黯然神伤。

我以孤独为伴，但并不孤单；虽身居世外，却也很忙碌，我学着临帖，我学着写诗，用无拘束的声音抒发着自我情怀，即使是玉帝的判官们，也难以和诗较真；即使是操持天庭气候的众星宿们，更无暇顾及诗这种无用的东西。即便死了，也要让一个死者的文字，在活人的肺腑间荡漾。

夜阑月憔，悠悠风来带着几分凉意，虫鸣声也渐渐稀了，隐约听见我的爱犬唤我回家的声音，我也累了。别了，彼岸花，轮回一场梦 场，有什么心思？待到明年清明时节，叶儿青青时，我诉与叶听。别了，我的爱人，你彷徨你的天空，我守望我的梦想，天涯咫尺，各自保平安。留一份思念，守一个等待。

- 一棵在冬天就想开花的树 -

张小梅

只因在冷瑟的风中，你路过我的世界。你一身戎装，伫立在茫茫的人海，看了我一眼。那凝眸的一瞬，仿佛我已期待了千年万年。隔空一道封闭的门慢慢开启，你用明媚指引，我长袖飞天。冰冻的时光从河底开始断裂，你的笑容猝不及防，恍若从太阳上洒落的瓣瓣花羽，让我无法躲闪，无处逃避，几乎成为过滤我整个黑夜里的极光。

既然有些相遇注定不是太早就是太晚，不能成全圆满也无法承载缺憾，那么，就让我坦然，坦然成徜徉天空中的白云一朵，就让我敞开最纯净的那束心怀，小心翼翼采撷来自另一个时空的片片香缕，珍藏进岁月的罐中。他年隐在静静的山寺中，每日掬一点氤氲在山泉的茶中，一小口一小口地啜饮，温暖那些即将失去的光阴。

纵使严寒困锁了所有春光，用一纸苍白垄断了全部色彩；纵使北风肆虐，张牙舞爪制造苛政，阻止一切梦幻着上绿装。可是，一条小小的蚯蚓已开始在我的脚底悄悄翻弄泥浆；它的邻居，一只绿肚皮的青蛙已张开黑亮的眼睛，伸开四肢，在自己的洞壁里锻炼拳脚。

我听见瑟瑟的风开始变得温柔，凛冽的寒被削去了棱角，洁白的雪花簌簌盛放漫天的白玫瑰，我冬眠的心脏一点点咚咚地敲响，温热的血液像从山顶上淙淙落下的小溪。

我知道明天还是冬天，可是，如果我的梦想已鼓动双翅，饱涨得如三月的笋，就要冲破泥土茁壮而出。

我还是决定把花期就定在黎明——一棵在冬天就灿然开放的树。

不知道明天的世界，会不会吃惊？

－ 年岁转移，花仍相似 －

王皓月

四月芳菲，单等槐香。出生那年的春，槐开正烈，奇香沁入生命肌骨。那日春风笑我混沌未开，今时我睨春风不解风情。槐在枝头窥过我稚气一笑，如今还以满身芳洁，迎我倦容缱绻。指尖划过岁月轻愁……槐，你依然白如莹玉，清香摄魂；我，粗如顽石，满心疮痍。我们的对望，从三十几年前，在彼此的生命里深契。深信你依然识我。我从树下走过，我嗅出春天的气息，你辨出了曾降生在槐香里的孩子。

槐，容我失了勇气，连邀你清颜覆我沧桑满面，也不敢。和你同框，怕定格的不是悠远的淡然，而是让美好戛然而止的涩怨。离愁侵袭过我，焦灼燃烧过我，孤寂浸透过我，相思煎熬过我，我被岁月改造得面目全非，怎来面对你如水的摇曳和雅致的清淡。你来了，不喧闹，不妖冶，你在年岁转移里，宁静致远。我心怀着不能安宁的悲怆，远远地听说你来了，开了，用香气将我邀约。这夜，除了将你温暖在灯的柔光和茶的禅意里，我不知怎样才能消除我和你对望的距离。

佛在一粒粒木珠上叹我。叹槐开了，我还不能让心安歇。佛说，槐是木中之鬼，把凶恶的名字隐藏在一个温柔的发音后面，化作遗世独立的纯洁与幽香唤我。佛也将自己化作木形，把玲珑心穿透，用人间苦难的绳索串起，每一颗都以"喜、怒、哀、乐"的四种面容前来度我。我用糙心摩挲人世起伏、岁月沧桑，佛微闭双目耐心忍受，等我用心血煎熬出跋涉的汗液和生命的灯油，将它的光泽盘润的黝亮通透，这串"四面佛"的木链，活了。它也在槐香和茶禅里，用心点化我。

佛，幻化成为掌心里的安宁。捻动游走，将心里苦痛抽丝剥茧，消弭无形。愁怨漆染了沉香木的纹理，烦躁光润了橄榄核的生涩单调，佛珠成全着凡人的修行，带着人的体温，活在一个灵光杳然的空间里。它影响着主人，以木的坚硬拱大了人的气场。它不温不火地静候着主人心智的传导，储存着主人的能量，化解着主人的戾气。佛珠和槐，都是木。一个雕凿了自己、供人把玩的过程里去度化悲喜积郁；一个盛开了自己，引人欣赏时怡情怡性。

茶，满盈浮世清欢，一杯一杯入喉，会稀释痛楚，淡化哀愁，消解苦闷。和酒的暴烈不同，茶不是点燃，而是化解。安定的内心，往往就装在一个黄泥壶里，想不开的世事，被分解进每一杯茶汤里，由浓及淡，在余味的绵长里突然就顿悟了万事皆空。晚来风急也罢，窗外飞雪也好，茶就是温暖的所在，氤氲袅袅，有茶的世界就有了悠然静远和安逸祥和。槐花是槐木精魂，一缕淡香牵人进入纯净之境；佛性，借由不同材质的手串，圈住了人因为贪欲不断想伸出的手；茶杯盛满了温热的情思，三杯两盏，心安神定。

槐香，茶汤，佛相手串。在寂寥深夜，围拢了行走在世间的卑微，静看着做人的负担沉沉困在身侧。室内静得花开有声，盆里植物生长的速度远远慢于心上的杂草丛生。情志的转移让疲于生活的你我，融兑出大量的时光来做着貌似无意义的事，却因为喜欢，而得到了心性的片刻轻松。年年槐花在春光里开，岁岁木质手串沉淀着光阴的重量，日日茶香缥缈于几上榻前，任谁也不能阻挡年华里自己的盛开或者萎谢，如同不能阻挡每天的日升日落。邀你看花或者品茶，盖因明年的你我，都将不是今日之你我。

- 荷叶月色 -

李恒

下了一夜的雨，早晨又在加急，未眠的云，此时压得很低很低，且阴着脸，仿佛怕被人看见又或走近了怕被谁认出来，面暗无语，只管吧嗒吧嗒地往下落泪。还好，窗外有朵朵花伞在巷口打开，天地间立刻撑出了一片新的花样时刻。未曾留意，比花伞还跳入眼帘的还有紧挨城边河岸的一大片荷塘。

此时去荷塘边漫步，一定有别样的心情、别样的风景。阴阴的，没有烈日的急烤，没有骄阳的高傲，荷叶满塘，有的是一份从容和一份静谧，没有了往日里围观的喧嚣，静寂中独享着大自然落笔不染的时空。圆圆的荷叶层层叠叠，相互牵着手或拥或倾，或稀或疏，或睡吻在水面上或挺立在风雨中，全都朝天张开一张张笑脸，迎接着雨的洗礼，又仿佛一只只大手调皮地截住雨滴，在荷叶上滚出颗颗晶莹的珍珠。荷绿被细密的雨点撞击着摇曳着、跳动着，不时点燃一只只粉嫩嫩艳尖尖的荷花苞，映出塘的酒窝。

扔掉假日的伞具徒步出门，带上孩子迎着夏雨来个酣畅的逆行，看着匆匆躲雨回家的路人，听着沙沙穿落的雨声，空旷的河两岸连飞鸟都已偃旗息鼓不知所踪，有幸此情此景下观荷，围塘自游，心情自然愉悦。自由欢雀的小孩发出一串串玲玲的笑声，又仿佛那一朵朵跃动的荷花，正打开一扇透明之门，迎接着我们走进纯净纯美的童话世界。"哈，这个荷叶好稀奇，它把头探到岸外边了，荷叶，你在向我问好吗？"随着孩子的惊喜寻声望去，果然，曲栏转弯处一只新荷整个叶子伸在岸上，正好与我们撞了个满怀。当时孩子们叽叽喳喳地与我打赌，说这个荷叶第二天准能看见，小朋友们都会来和它握手的。他们说话的口气就像塘中开放的粉荷，没有质疑，也没有犹豫，满满的幸福和灿烂。

隔天再去，已是云散雨离，头顶升起的一弯新月，照出那片不变的塘荷，洒向一群群乘夕纳凉的游人，晴朗的夜，弯月与远处高楼泛出的点点灯光，忽隐忽闪地藏身在塘叶下的水面上，微波漾动水墨无边，让疲倦的城市慢慢睡去，没有雨的迷离，没有风的催扰，厚厚的深绿上跳出朵朵荷花阵阵的幽香，清清缕缕萦塘不散，让月也沉醉在塘叶上。突然一阵蛙鸣声，呱呱地打破了中宵的沉寂，也打碎了塘中的香梦，于是弯月躬身逃到了天上，泅泅的灯光沉到了水底，萧萧的人群浸没在夜雾中。荷叶变成了一田田瞪大的眼睛，高高地伸长脖子像是在四下寻望着什么。一条细灯描桨的画舫船从河中央荡开来，波波水浪举出道道碎光向着对岸开去，更引来无限的禅思遐想。

平湖波映城，倒影浸山青。柳暗叶默月，荷翻水流萤。停风驻香鲜，不肯思天明。

　　只是这次再去，那片曾与我们探身问候的叶子不见了，专门找是不是有谁把叶子扶回塘里了，可惜，在叶子探身的那个地方只发现一根断头的荷茎，复来的孩子们跑来跑去，来回确认了好几次，也就没再说什么。我想，他们心里该有一些失望、也有一些清醒吧！归家的路上孩子们还在彼此安慰：当时咱该把荷叶推进去，推的离栏杆远点就好了。我笑着说，把整个城市变成荷塘再种上多多的荷，那人们就不会伸手摘荷叶了。

　　当然，我知道梦想总是有些遥远，孩子们别跟我深究才好。以后的事是孩子们自己的事。我要做的就是能尽量为他们提个醒，他们会越来越有主意的。

　　月下的荷叶看上去和白天、和雨中都一样地静雅，不争强、不好胜，扎根于脚下，努力生长，用优雅和淡然，应对欲望和占有，用出尘的心，知难而后定，简洁如水，安然坦荡。唯有绿荷红菡萏，卷舒开合任天真。

　　如果晚间有月的话，也请你与我一道去荷塘边仔细听、仔细看，你就会知道，初一和十五，塘中的荷叶整晚都会有一场轻声密语，彼此加持修行，而且，渐渐地，它们已远离你我。

－ 冬日荷塘 －

张翮

　　我身处的北方是不产藕的，所以也更谈不上种荷，相较南方，那凡尘不染、冰清孤傲的荷自然就成了稀缺品。

　　不知何时，有人在县城以北 10 里之地的池塘种了几株荷，几年之间渐成气候，更在今年夏季引得人们争相观赏，形成了北方不可多得的佳境。

　　只是原因种种，夏季观荷没有成行，一个冬日的午后，被暖阳照耀得昏昏欲睡时，水一样漫上来的思绪，将内心的坚硬浸软，不禁有了看看残荷的心境。

　　从未有过如此般的心境，只因心中的一份执念，也许，总是这般喜欢躲在安静的一隅，然后用安静来填埋一天中昏暗的时光。用思索，用品读，或者，手捧一盏香茗，耳听一曲清箫，怡然自得地在蓝得发绿的深空下，思考一些断断续续的如梦境般的片段。

　　当思绪渐渐狰狞起来，拼命想要梳理好时，却不知青丝几缕，早已被精致的发簪羁绊，也许，这就是生活的气息，让你猜不透，却依然为之动容。

初见水中枯萎残破或站或卧的荷叶，心中还是为之震颤，不禁想到，荷用最稚嫩的心田，承迎早春的霜冻，把自己舒展成一个亭亭玉立的人儿。

在夏夜里，啜足了万千雨露，酿成一腔热血，早晨挂在自己眉梢的，却是那一颗颗清冷的珠泪。寒凉的秋，经历了凄风苦雨，褪去韶华，把自己积淀成厚重，以一身惊艳的墨绿绽放半生精彩。风雪袭来时，孤零零地羞于岸芷町蓝，被人评为"冰冷的寒风，冰冷的你"。

其实，你早已把火热的情怀藏于自己的最深处，只等那一刻，渴盼已久的回眸转身，竟然喜极而泣到不知不觉，酣畅淋漓到倾诉不留点滴，把头发梢的那一点点温暖都想予人时，不禁要问，究竟有多少波澜壮阔可以掀起千层的往事。

将所有的期许掩埋，将所有的热情冷却。触碰笔尖的婉约，需要多少字眼去描摹，需要多少语言去表述。

凤凰涅槃，为的是下一次的重生，化茧成蝶，只为今生的绝唱，而你，只促成了别人出行的理由。

荷叶在枝干上站久了，必然要落下，因为那里不是你的家，脚下的淤泥才是你最终的归途。虽然不是最好的坟冢，更没有华表的墓志铭，你却要在那里安歇，把自己行将就木的一架骨骸化为一抔春泥，成为别人的养料，渗透于他人的肌肤。在来年的又一个轮回中，用别人的心灵把生活悟透。

一花一世界，一叶一菩提，当时光流穿指端时，生与死也在默默地更迭，而此刻，静好的时光，究竟穿透了几度人间冷暖？

人在年轻的时候总是把缱绻一时当作爱了一世，把朝朝暮暮当作天长地久，奢望执子之手，终老一生，而到头来才发觉，用一生的细水长流把风景看透时，手里牵着的不知是谁的手。

人生一世，草木一秋，荷叶更不知道，自己曾经的沧桑与凄美，终究要装扮了谁的生活。

人尚且不懂得，草木焉能懂得？一隅荷塘，难弃思量，但总归要坚信，下一个轮回会更好。

− 清淡黄瓜 −

孙文胜

　　黄瓜籽儿的结果梦，开始在春天的一场痛雨后。

　　说是痛雨，是因为春深了，雨们已不再像牛毛、像细丝，而成为无数粒晶亮的水珠儿。唰唰唰、唰唰唰，雨的个儿大了，步儿急了，声音也成熟老到了许多。

　　雨过天晴，微醺的阳光流淌到哪里，哪里就有莫名的萌动。蓝盈盈的天，暄腾腾的地，果蔬花草们满怀心事，各有打算。黄瓜籽儿本来舒适地躺在窗台上晒暖儿，忽儿就被孩童风筝的翅角带到了泥地里。闻着了泥土的味道，成长的欲望就让它在一个燕子低空穿梭的黄昏，悄悄地钻在了泥土里。

　　夕阳里，盛开的油菜花正在坡坎上舞蹈。它们是春天里最美的新娘，浅绿的裙裾、灵动的黄眼睛，一招一式都婀娜飘香。它们本想跟新伙伴打声招呼，还没吱声，黄瓜籽儿已隐形匿身，找不见影子了。

　　籽儿进了土，就都想着在春天里拔个头筹。豇豆籽、葫芦籽、丝瓜籽，它们和黄瓜籽毗邻而居，大家的年龄，谁也大不过谁几天。夜晚，你啜雨水，我饮清露。白天，日光一照，就都拼着命膨大着身子。

黄瓜籽儿身微个小，五七天挣裂了外壳，芽头就顶出了泥土。嘿，这下豁亮了。小瓜秧儿，过一日长一寸，浇一水高一尺。过了满月，绿绿的藤蔓就攀满了瓜架。

这时，小黄花开了。手掌般的叶片间，上一朵，下一朵，朴实淡雅。黄瓜花期虽短暂，但蜂蜂蝶蝶仍然嘤嘤嗡嗡地围绕四周，更有蚂蚁顺着瓜络远道而来。它们如此虔诚地载歌载舞，完全不像人一样，只是虚伪地卖个情面，它们衷心地祝愿花儿孕育一个丰硕的未来。黄瓜花儿，不惊不乍，自信随和。风来，与风和鸣，蝶来，与蝶共舞，纵有奇花异卉侧目，也不显半点卑微。它是因果而生呢。

黄瓜藤修长翠绿、筋脉柔韧，是一味苦口良药。有年，五哥患了癫痫，每每发作呼天抢地、痛苦不堪。父亲听别人介绍了偏方后，就扯回了几截瓜藤，娘用沸水熬了。喝过三五次，五哥的病果然就减轻减少了许多。小的时候，我倒不在意黄瓜藤有无药性，瓜儿败了，只是爱拔几根藤蔓挂在门旁的木橛上阴干。要是去田里捉黄鼠，或准备伏在水草间捉青蛙，就抽出几根缠在腰间。黄鼠捉住了，青蛙捕来了，就把它们一溜儿用瓜藤串起来。那成串的活物，东蹦西窜，呱呱、吱吱，让一个季节、整个童年都生动鲜活了。

黄瓜是我见到的与水最为有缘的果蔬。一个小瓜儿冒出头，三天两头离不得水。水肥连得紧，指头长的小节节，两天就能长成个大棒槌。浇水迟缓了，不是瓜儿闪憋成了腰细腿短的大头娃，就是支棱着的叶儿打瞌睡。黄瓜喜水，爱美的女人却喜瓜汁儿。夜间睡觉前，脸上贴几片、脖子上贴几片。清晨起来，水做的女人个个就都白皙妩媚，面若桃花。

在汉语白话文里，能对黄瓜的天性做出最美丽最诗化描写的，唯有在萧红的《呼兰河传》中可以读到。在萧红的眼里，黄瓜不仅是一种蔬果，更是她家菜园里最自由最任性的花："花开了，就像花睡醒了似的。鸟飞了，就像鸟上天了似的。虫子叫了，就像虫子在说话似的。一切都活了。都有无限的本领，要做什么，就做什么。要怎么样，就怎么样。都是自由的。倭瓜愿意爬上架就爬上架，愿意爬上房就爬上房。黄瓜愿意开一个黄花，就开一个黄花，愿意结一个黄瓜，就结一个黄瓜。若都不愿意，就是一个黄瓜也不结，一朵花也不开，也没有人问它……"萧红，这位饱受苦难的女人，就像呼兰河畔一朵黄瓜花，在炎凉的世界里幻想做一朵"天堂里最自由最任性的花"。却始终那么无助，那么凄美，以至于最后黯然凋谢，让人至今思来，嗟叹不已。

黄瓜清脆爽口、心性纯洁。乡野村夫，锄禾当午，渴了，摘一枚黄瓜衣襟上搓搓，咯嘣咬一口，口舌生津，不饥不渴；达官显贵，吃完大餐，满嘴流油，咯嘣咬一口，清脆爽口，不由从心底道一声：还是这东西实在！身处红尘，混迹江湖，若不擅谦笑，不善媚俗，会活得很难。所以，看到黄瓜以自己平和的品性，守住了自己，上得了豪门盛宴，进得了百姓厨房，还获得了若干赞许，就不由心生敬佩。

我总是这样自以为是地猜测着黄瓜的心思。其实，黄瓜活得很简单、很淡定，因为它知道，说到天上去，自己也是一枚黄瓜。

03

生命最温暖的遇见

－ 我在时间的这头等你 －

曹林燕

母亲说："水碗里照不到人的影子，老了。"我回过头去，看见她的眼里没有一丝幽怨，平淡得就像那秋水，坦然又悠然。她不会再哭了，她的眼睛已经哭坏了，她老了！那个思念亲人的沉香台上，已是微尘铺落，蜡明不再。我是知道的，哥哥永远都不会再回来陪母亲了，他去了时间的另一头，在另一个世界里活着。

中秋本是个团聚的日子，今年却平添了许多的伤感。老家的门庭水汀边又新生了许多葱草，该是收获的季节了，园子却是无人问津的。我打不开它的门，那些锁在庭院里的风景只有留给那个抛弃了我们的人，他会在有月亮的夜里偷偷回家的，他也会在每个有月亮的夜里偷偷地想我们的。他会想他的母亲，想他的兄弟姐妹，想他的孩子们，他会在母亲平淡的目光中读懂一种沧桑，然后回到那个荒凉的园子里，去拣拾许多亲切的回忆了。

我听见时间的流在耳边冷然作响，善怀的我又落了泪！如果，如果你还能够回来的话，我愿意，我很愿意在时间的这头等你，等你团聚在这个中秋之夜！

我想告诉你，北国的秋今年来得很明艳，你喜欢的月牙山已是云雾氤氲，秋红遍野了；我想告诉你，南国的秋来得很清婉，你喜欢的秋塘似那留白的周庄一样美丽恬淡。祝寨的桥又多了一座；洋峪的河水依旧很清澈。竹林畔的毛栗落了一地，沙坡上的枣树又似童年，腾腾丛生着。我为你找到了当年的槐林，我为你找到了当年的水库，我为你找到了当年的山涧，我为你找到了当年的柿园……它们都还在，都没变！你愿意回来吗？如果，如果愿意的话，我在时间的这头等你，等你一起找回童年的旧时光，找回曾经的幸福和快乐。

来吧，一起踩着细碎的月光，到水田边去听蛙鸣吧！一遍又一遍地向那个波光粼粼的河面抛小石子吧，喊吧，笑吧！那个以为踩着草蛇的胆小鬼又在"呜呜"地哭了；那些偷掰玉米的家伙们就等着回家挨揍吧！真好，母亲在桥下用棒槌捶打衣服，水花溅得老高老高；小河上游那些借着夜色脱光了上衣的妇人们，一边给身上涂抹肥皂一边大声地说笑……水桶"叮当叮当"地响了，是男人们来河里挑水了，慌得那些女人们不敢说笑，都躲远了……河水又泠泠地响了，蛙声又此起彼伏地唱了……

我知道天堂里有你的一双眼睛，你正在看着我们。我确信你在时间的那头曾经是幸福的，我只是想在时间的这头等你，等你再次走进我的记忆里，走进我的睡梦中。

我偷了你的小人书；我告了你的状；我贪嘴吃了你的鸡蛋饼；我暗笑你因为学习偷懒而被罚站的可怜相……你不会又藏了我的核桃吧？你不会又抢了我的玉米糕吧？你不会又扔下我一个人傻乎乎地把脑袋伸到河水里，屁股露在外面，做游泳前的潜水准备，而你却和伙伴们一溜烟似的跑远了吧？

那么，你回来吧，我在时间的这头等着你。你看那个细雨的天，老屋檐上的猫头和滴水都在笑呢，房顶上的钟草又开始舞蹈了！你甩了一东墙的泥巴，溅得满身的泥水，母亲拿了烧火棍出来打你，你便跑了，满身泥水地跑了……然后，你又在别人家的东墙外甩泥巴，然后被遣送回来了……那一个细雨的天，你挨揍了，因为你的不安分，你又挨揍了！我在屋檐下坐着看雨的时候，你跑出来扰了我的梦，打断了我给雨作的诗，我哭着，你就在雨中哈哈地笑我……

是的，我知道，你后来也在作诗了，你在武松打死的那只老虎的屁股上作诗了。你说长大了要当警察，可你没当成警察，你成了一个喜欢写诗的工人，一个如此热爱生活热爱生命的诗人。上学时为了给我买一份5毛钱一小碗的没有去皮的土豆丝，你拼命地在人群里挤，把你刚写好的诗稿挤没了，你大声地哭着，说你再也没有灵感了。可你后来还是有灵感了，你上班以后码了很多的文字，也发表了很多的诗。你这个喜欢写诗的大傻瓜，好好的，怎么就忽然间跑到时间的那一头去了呢？为什么要活得那么清楚？为什么要在世俗里去苦苦地争端？为了那些庸俗的梦，你怎么可以折磨自己，累着自己呢？你这个喜欢写诗的大傻瓜，为什么不能如我一样傻傻地、笨笨地活着呢？如果你还活在时间的这一头，母亲的水碗里便能照见人影，她便不会在今年的中秋之夜变老了！你这个大傻瓜！

如果，如果能够，你回来吧，我在时间的这头等你。知道吗，岁月是会善变的，记忆也会模糊的，我怕我有一天也会慢慢地老去，像母亲一样孤独地站在风中哭坏了眼睛，看不清水碗里的人影！你过时间的这头来吧，多给我些快乐的回忆吧，给我100年、1000年的思念吧，如果，如果我还能思念100年、1000年，哪怕只是在梦中也好！

你看，今年的秋又落泪了，风中的雨点很伤感的，那个长发飘飞的爱作诗的我，又在写了：

沉香的台 /

应许的暖 /

柔弱的心 /

星子的眼 /

你的眼泪你的脸 /

月的夜 /

梦的闪 /

秋的思念 /

秋的远 /

母亲的幸福 /

母亲的水碗……

－ 疯娘 －

吴红梅

时隔多年，已经忘记了她确切发疯的年代了，只记得，从小，我们就紧跟在她的身后喊她疯女人，她一般是不予理会我们的胡闹的。偶尔，许是被我们吵吵杂杂的喊声烦到了，就会转过身来，作势要追赶我们的样子，于是，我们四下里乱串，但她，一次也没有追过来过。

她身上时常揣着一团缝衣服的白线，那上面，密密麻麻地插满了大小不一的针。有时候，我们也私下里议论，那团针线揣在衣服里到到底扎不扎人的问题，却往往不得而知。

常常老远看见她过来了，我们一群小伙伴们总会扯着嗓子喊："大凉，大凉（等同于喊她傻子）……"她只管嘿嘿地笑笑，如常不予理会我们。

某一天，她的那个宝贝针头线脑被一个女同学在学校厕所附近捡到了，于是，大家躲在教室后面开始瓜分她的针头，还没分出去几个，她已经后知后觉地追了过来，吓得大家扔下东西就跑了。

她生育了三个子女，两儿一女，却似乎只有小儿子的神智是和正常人一样的。三个子女，一直都没上过学。或许，是因为穷，又或者，是学校拒绝了他们。搜遍我少之又少的幼时记忆，很奇怪，那段记忆，也是模糊的。也难怪，那时，我才在读小学，而她的那三个子女，显然比我们大很多。

她的老公，是一个正常人，却常年被疾病折磨着，早就丧失了劳动力，而且，常年躺在炕上，需要她的照顾。一家五口的生机，多年以来，依然还得依仗着疯癫的她周旋着。

她的大儿子，抛开疯痴，却是一个眉清目秀的小伙子，也很爱臭美，喜欢将自己捯饬得像模像样的，喜欢手拎一个黑皮包包走过村巷，喜欢将包包抖得哗啦啦地响。

遇人问他："你这包里都装着啥好东西啊？"

他一准儿就会扬起脖子来，很自豪地答道："自然是好东西了。"

那包里，果然是有好东西的，高兴的时候，他也会分给小孩子们糖果吃，却没有人清楚那些糖果是怎么得来的。说也奇怪，记忆之中，那个傻大儿子，总会不定期地失踪那么十天半个月的，一旦回村了，就是一副光鲜模样，且，春风满面，也会分给我们稀罕的糖果吃。那糖果被我们稀罕地吃过后，各种色泽漂亮的包裹糖果的纸也不会被慢待，它们往往会被我们小心拂平棱棱角角，再被夹进一本课本中去。闲暇时，闻闻那好像依旧残留着的糖果香气，看看颜色不一的图画，想象着自己将来一定一定要尝够足够多口味的糖果。

疯娘似乎一直拿她的大儿子没有任何办法，譬如他什么时候外出，譬如他什么时候回家，她一概不清楚。每年农忙的时候，大儿子必定也是会外出的，大概，他自认为自己是一个城里人，是不屑于忙于农活的，也自觉不到帮助他的疯娘劳动是应该的。

相比之下，那对小儿女就听话地多了。每年，他们可以帮助疯娘伺弄那些薄田，照顾生病的父亲。

那一年，小女儿嫁去了远方。两三年之后，小女儿被婆家赶回了娘家，她亲生的孩子，夫家也据为了私有。在她偶尔的话语里，村人们才知道：原来，夫家一直将她当放羊娃对待的，待生下正常健康的孩子以后，就更不善待于她，干脆，将她赶了回来，就如同丢弃了一件旧物件一般随意。

疯娘默默地接纳了悲惨回家的小女儿，依然话语不多，没有人知道，疯娘的心里，是怎样的况味。

也许，多多少少，可以让疯娘宽慰的，就是小儿子了。

上苍也许也曾将它慈悲的目光投向过这个苦难的家庭，谢天谢地，那个小儿子是一个正常的孩子。当他成年以后，或许是在母亲的默许之下，或许自省促使他做出了人生之中第一个重大的正确的决定——离家出走！

小儿子走后，大儿子日日质问着疯娘弟弟去了哪里，放言要将他找回来。他挥拳抢向了自己的疯娘，抢向自己业已瘫在炕上病病恹恹的父亲。只因，他不想自己也被拴在村子里，被拴在农田里，从前，有弟弟在，好歹，时间就都是他自己的，风光也就是他一个人的。可是，如今，这一切，就如同一个美梦一般，都被活生生撕开了一条口子，于是，梦醒了，他看见了惨烈的现实，他的疯娘、他的病父、他的弃妹，于是，他的愤怒就达到了沸点。是的，沸点，于是，一家人都自觉不自觉地陷进了煎熬之中。

终于，又一天里，大儿子又一次离家远行了，和从前一般。

但是，不久之后，就有不好的消息传进了村人们的耳朵里：大儿子被抓进了县城里的派出所！

村里于是炸开了锅，大儿子怎么会被抓进派出所去了？直到村长回村了，事情的原委也清晰了：大白天的，那大儿子就胆大趁着女主人出门倒水的功夫，潜进了一户居民家，并藏匿在床下，但他忽视了：床上，那坐着的小孩亲历了那惊心动魄的一幕，于是，等他母亲返回时，聪慧的孩子就一直望着床下啼哭不止！

刚刚还好好的孩子，何以就开始啼哭不已了呢！母亲顺着孩子的目光望过去，心里也是一惊：床下有人！那母亲也是极聪慧的，她不动声色地走出了房间，并轻轻锁上了房门，这才招呼左邻右舍一起前来擒贼。

于是，那大儿子就被众人扭送去了派出所。关于大儿子之前所有的谜底，随着他的被抓，也一起大白于天下：从前，他莫名其妙地消失，就是进城行窃去了！

"哦，难怪了，原来他从前是这样光鲜的啊。"

"他原来是惯犯啊。"

"……"

随着村人们的议论与后知后觉，乡村的日子，复归于平静。

随着大儿子的被抓，很久以来，也不再有人送我们糖果吃了，对于大儿子，大家竟多了几分想念，我们才不管村人们怎么看他，只要是会送我们糖果吃的，就是好人，就是对我们好。

大儿子即将出狱的前几个月，久病的老父终于撒手人寰，临死，也没能闭上那双干枯的眼巴巴的眼睛。

"唉，可怜的人，终于解脱了。"

村人们帮忙安葬了逝者。疯娘家里，从此就剩下了一对悲悲戚戚的母女相依为生。

陆陆续续地，也有村人传话出来了：那小儿子跑到叶堡一户人家里做了入赘女婿，也学会了开三轮车拉人，那户人家对他也极好，小日子过得红红火火的。

大儿子劳改释放后，倒是收了偷盗的习性，却从此好吃懒做了起来。日子紧巴巴过不下去的时候，疯娘就会出远门讨饭去。

那一次，大概是计较疯娘出门的日子过长，那大儿子不知从哪里找回了她，一路打骂着将她赶回了村子。村人们眼见看着那大儿子将疯娘好不容易讨要回来的衣物、吃食纷纷扔进了湍急的葫芦河，疯娘边哭边死命去捞捡那些物品，全然不管不顾亲生儿子的拳打脚踢。

"咵，狗狗娃，你怎么能这样对待你妈呢？"有村人隔着葫芦河大声制止着那大儿子。

也有手脚麻利的人快快趟进了葫芦河去给疯娘帮忙。

那一年的夏天，我和村人一起，目睹了这悲惨的一幕，疯娘的哭喊、儿子的打骂，即使隔着经年的烟火，每每忆及，都会触动心绪，那滋味，无以言表。

后来，小女儿又被婆家接了回去，许是孩子想念母亲，许是婆家动了善心。

后来，疯娘就真得出了一次远门，一次很远很远的门，自那以后，就再也没有回到过村子来。也有村人时不时会说，在某某地方碰见过长得像疯娘的女人，但又具体说不出什么来。

那大儿子也曾经几次揣摸着前去寻找小弟，在那户人家闹腾过几次，每次，都是无功而返。人们后来才知道，每次，当事先得知他会来闹事时，小弟不是被藏在地窖里，就是躲出去了。

只剩大儿子一人的家，无比凄凉，终于，在又一天里，那儿子也出远门了，同样地，也没有人知道他去了哪里、什么时候回家。

那荒无一人的院落，终于破败不堪，荒草成了那里的新主人。

五口之家，最终，留在村子里的，只剩下了那老父亲一座孤零零的坟。那座坟茔，就建在他们家曾经的苹果林里。夏天放学后，有时候和小伙伴去打猪草，每次经过那座裂出一条长口子的孤坟时，心里就没来由地害怕，大家总是加快了脚步，有时候，甚至是跑过那片苹果林去的。

人们有时也会嘀咕，说那是地下的孤魂在等着疯娘呢。也许，是的。

关于疯娘的故事，从此，就没了任何音讯，她就如同那断了线的风筝一般，消失在人们的记忆里，消失在往昔里。

－ 哑妻 －

吴红梅

复员回家的那一年，他已经过了娶妻的最佳年龄。好在那时候，国家的政策还好，由组织出面给他们上过前线的复员军人集体找对象。

被介绍来相亲的女子，大都是没了亲人的，个个似乎有着很深的愁苦。在一群着红穿绿的女子中间，他看见了她，模样似乎还周正，低眉顺眼，话语也不多，是他所喜欢的那种很贤惠的样子。

牵了她的手走出 1 里地了，她仍旧低着头、迈着小碎步紧跟慢赶跟在他身后，两人竟是一句话也没有说。

"你叫什么名字？"

他回头柔柔地看她一眼

"啊，啊……"

她发出含糊不清的声来，细听了听，他竟听不出个所以然来，又一想：人家毕竟是一个大闺女，猛不丁地跟了他，感情是还不好意思呢。这一想，他就宽了心。

"我叫张利民，往后，就是你男人，咱们好好过日子。"

"啊，啊……"

她还是不紧不慢跟在他身后。

于是，一路上，不管他说什么，她都以"啊，啊……"声作答。终于，他急了，顺手从路边操起一根木棍来，照着她的屁股就是一棍子。

她摸了摸屁股，痛得跳了起来，嘴里仍只是发出"啊，啊……"声来。

看着她的表现，他终于明白了——他自己领回了一个实实在在的哑妻，于是有些后悔欺负了这个即将成为自己妻子的女人。

"好了好了，是我不好，以后，我们好好过日子。"

哑妻眼含热泪，定定地看着他，那委屈的泪水，终于没有落下来。

和哑妻的日子过得也算舒心，唯一有些遗憾的，是两人结婚几年了，也没有生个一男半女。带着哑妻跑了几个中医，都说哑妻没有生育能力。几年下来，他终于放弃了坚持为哑妻看病的恒心。不久，在亲戚的帮忙下，他领养了一个女孩。哑妻待她疼爱有加，视如己出。

在日出而作、日落而息的日夜轮回里，十几年过去了，他老了。哑妻也已经步入了中年，皱纹不经意间爬上了眼间，曾经的一头秀发，因为早年的困顿，也成了花白色。抱养的女儿倒是争气，就在18岁那一年，她考上了南方的一所大学。

女儿要前往南方就读大学的那一日，拉着老两口的手："爸，妈，等我毕业站稳了脚跟，就来接你们。"

那天的太阳好红啊，它高高地悬挂在蓝天上，温暖如春的阳光，洒在那片村落上。一家人，老父亲、哑妻和抱养的女儿，手拉着手，走向村口。

村边河口，早已经聚集了前来欢送女儿的乡亲们，村人们七嘴八舌地说着祝愿的话语。

"闺女，以后发财了，可不要忘了你的父母亲啊。"

"在外面自己照顾好自己啊。"

"这几个热鸡蛋，拿着路上吃吧。"

"……"

汽车鸣响了长笛，女儿隔着车窗玻璃，朝他们不停地挥着手。

当汽车一点点消失在众人眼中之后，哑妻突然"哇"地一声，扑在他肩头，压抑了数天的离别之苦终于汹涌而出，泪水打湿了他的半边脸。

女儿远赴南方读书的日子，书信成了他们的感情联络。信中，女儿向他们汇报着自己的每一个进步，描绘着那个远方城市的新气象。读女儿的来信，也成了他和哑妻农闲后的一大乐趣。

女儿走后的数月，他又下到地里去忙农活。

放眼看去，村中好多人家院中已经升起了炊烟，快到吃中午饭时间了。往常这个时候，哑妻就会送饭菜到地头，他吃饭，哑妻看他惬意地吃，自己再忙活一阵地里的活。等他吃完了，哑妻提了箩筐回去，再"伺候"家里的鸡羊猪狗。

这样想着，他回头看一眼山下，哑妻果然已经蹒跚爬在了半山腰，手中紧紧抓着盛着饭菜的箩筐。

他美美地看着哑妻："这婆娘，是个过日子的好主儿。"

扶着锄头，一阵眩晕突然袭上来，还没来得及喊哑妻一声，他一头栽进地里，眼前，晃着哑妻满足的脸……

他就这样走了，他不知道，他的哑妻为了他哭干了眼泪、喊哑了嗓子。

安葬完他，经村委会研究，哑妻享受了"五保户"待遇。在每次回复远方女儿的信中，哑妻"说"着一些村中的喜庆事儿，说着自己很好不用挂记的话语。

五六年过去了，哑妻又衰老了一些。

在最近的信中，女儿说要回来接她了，和她未曾谋面的女婿一起来。

女儿终于来了，几年的时间，女儿俨然成了城里人。女儿待她的感情却没有变，见了她，女儿一把抱住她，眼泪扑簌簌落在她肩头、手上。

"应该把女儿的身世告诉她。"一天的喧哗过后，哑妻找到了村长，指手画脚地"表达"了她自己的意思。

"哑巴，你可要想好了，告诉了她真相，她还会奉养你后半辈子吗？"

在哑妻的坚持下，傍晚时分，村长一行人来到了哑妻家，烛光忽明忽暗里，那个尘封已久的真相被摆在了桌面上。

女儿静静地听着，灯光照在她平静的脸上。

"其实，我是不是我母亲亲生的早已经并不重要，重要的是母亲爱我养大了我，我也深爱母亲，就足够了。"

哑妻红了眼，拉了女儿的手："你该去看看你的亲生父母亲。"

女儿轻轻擦去哑妻眼间的泪，动情地说："妈，明天我就去，等我回来后，我就带你走，你未来的外孙，还想让您老人家好好疼爱呢。"

"外孙？"哑妻瞪大眼睛，目光最后落在女儿的小腹上。

女儿幸福地笑着，在她身后，是她女婿同样开心的笑。

和女儿当年出远门就读大学一样，村口的汽车一声长鸣，哑妻走了，只不过，这一次，一家走得高高兴兴、快快乐乐。

没了哑妻的村落，日子在一天天重复里来了，又走了。没了哑妻的院落，渐渐荒草横生，它们肆意生长、枯萎，春来秋去，无休无止。

有关哑妻的消息逐渐少了，但是，村民们相信，那个哑妻，那个一辈子也没有开口讲过话的苦命女人，是在疼她爱她的女儿家中，享受着久违了的天伦之乐，安养着天年。

－ 老事 －

段恭让

她住的房子临街，墙上有一个窗户。

冬天里，雪白的糊窗纸上面，贴了些花花草草飞禽走兽的窗花，夏天，则吊起丝线穿起的流苏串子，在风里摇摇晃晃。单看这个窗棂上的装扮，就让人觉得这个屋子里，一定是十分的干净素雅。且时常有动听的吟诗，唱戏或者咕咕弄弄咿咿呀呀的南方人唱的委婉小曲传出来。有时，还有呜呜咽咽的箫声，勾魂一样哀婉，多是在月光如水的晚上。

住在这个房子的主人，是一个南方女人，我叫她二老太。姓什么不知道了。她的存在，给这个干梁上面的北方山村，平添了一丝水色，一丝神秘和惆怅。

那时间的二老太，也就是 40 左右，风韵犹存，文雅细条，瓜子型的白脸盘子，细长脖子，让人想起鹿的敏捷，鹤的悠闲。她乌黑的头发挽着高高的发髻。南方的口音还在，脚半大不小。走路有些像花旦的碎步，快得很有韵味，一闪就不见了。她识得字，爱唱戏。

从《玉堂春》《梁秋艳》到《铡美案》，这些秦腔戏文她都会唱。但都是限于那个窗户里面。

那时间她的窗户外面，经常坐着很多晒太阳的人，我想那些人，都是冲着她和她的才艺去的。

她是村子里做木材生意的白胡子老爷的二房，白胡子老爷人高大有气魄，儒雅倜傥，爱交朋友，在乡里很有人缘。

二老太是个穷苦人家的女子，妓女出身，头一回听说时，就像谁给我刚发的珍爱的新课本子上面抹了一片五麻六道的污迹一样，心里极难受甚至是痛苦得无法原谅，连看她的目光也都怪怪的了。我在心里千万回咒骂过她的父母，简直是头上生疮，脚下流脓的坏东西。不是人。

白胡子老爷就是在那个地方和她认识交往，情感弥深而后，赎了她娶回来的。女伴相携、共绕林间路，折得樱桃插鬓红。

有人说他在民国年间为了娶二老太，白胡子老爷还进过县里的监狱，又是二老太用手帕包了黄货，把他赎出来的。他两个人一辈子情爱笃诚，到晚年一直生活在一起。

吃饭的时候，两个人面对面坐在门口，二老太就把她碗里的给白胡子老爷拨。白胡子老爷就训她，再拨拉到她碗里。从县里回来，白胡子老爷买的点心什么的，都是给她的吃货。二老太一辈子没有生育，抱养了别家一个女孩子。

想一个女人，远离了故土举目无亲，她又和村子里的人交往甚少，心境应当是相当的孤寂。能够滋润她的，就是白胡子老爷的爱情，应当还有对于故乡深深地思念。走过她的窗户，我就要瞥一眼，看她会不会趴在窗户口，向南方望。望她莺飞草长的江南故乡，乌篷和画舫的江南故乡。可重重南山，她望得透吗？

也许她得一伟丈夫，此生足矣！要不然，在那个困难的时期，榆树皮面和野菜齐飞，苞谷面和麸子皮与人脸一色的年代，她怎么就不跑了呢？

她从生病到死亡的过程非常痛苦，路过她窗户外面，就能听见她的呻吟……求医问药，端饭送水。白胡子老爷的大脸盘子，也就瘦了一圈。

埋葬她那天，我给她抬了灵柩。村子里的人都是争先恐后的。

起灵的时间，白胡子老爷就躬着身子，眼里饱含着泪水。灵柩一抬起来，他就哇哇放声哭了，一只手扶着门框，号啕里固执地看着人们抬着二老太的灵柩渐渐地走远……

那天的坟头堆积的非常快，记不得谁说：好地方，这是好地方，二姉向北一走，就可以搭火车回她的苏杭了。

进了城。偶尔入大酒店或者歌厅，看见那些俗气的、描眉画眼的、争风吃醋的坐台小姐，我就想起二老太的气质、学识和她专一的爱情。这些贪慕虚荣的女子，和一些颐指气使，很高傲很华丽很贵族的女人，无论她们怎么被人羡慕，在我前面晃悠100回，也是很难走进我的眼里。学识修养才是美的灵魂呢。

今是古，古是今。在情感、婚姻、审美这些方面，这与时俱进的新时代，其实是继往开来的旧社会。都一样。生命千姿百态，少年人关于美与爱的灵性，几乎千篇一律，多少人你纯我洁、海誓山盟，立志赢得爱的一树繁华，最后半路折身，中途易辙，孤独寂寞。在婚姻问题上的"处"与"非处"，是完美与不完美的分水岭，永远是人们心里一个症结。最真实、最美丽、最丰盈的爱情，也许就在某些残缺里体现得反而淋漓尽致。因为它比较一般的爱情生活有着天然的难度。少年时间，爱慕她的气质风度，老了，敬佩她对爱情的坚贞和热爱生活的美德。17 的哄不过 18 的。气质与情感上的纯洁度，才是珍贵和难以忘怀的。

有各种各样的人生，也需要各种各样的经验借鉴。想起临街的那个窗户。记此，算是我的一炷心香。

－ 二婶 －

丰硕

这个灰色的日子和 4 年前那个灰色的日子惊人般的相似，绵绵细雨下了整整一天，连绵不断，如泣如诉。像是一位老人在讲一个古远悠长的凄婉故事，又像在回忆祭奠一个无法回归的亲人。我的心情和这抹灰色吻合到没有缝隙，这份凝重的灰在雨的浇透下肆意地飞涨，蔓延冲击了所有的思绪和回忆。

今天是二婶的祭日，她的孩子们陆续从外地赶回来给母亲上坟，每年这个日子懂事的他们都会回来上坟，也会来看看我，这似乎成了一种习惯，更确切地说成了一种依赖，我们彼此间习惯了的依赖。孩子们回来，准备了一大桌子的饭菜，想让失去母爱身处外地的他们，再次尝尝家里的温情便饭，不舍得他们因为这个日子而太过感怀伤心。可和他们的聊天还没有开口，本已到了可以自然控制情绪年龄的我却怎么都控制不了的泪湿眼眶。

初见二婶，是 17 年前，那是跟着恋爱两年的老公回他们老家探亲时。幽深的记忆里，那天下着鹅毛大雪，路很滑，天很冷，西北风无情地刮在脸上如刀割般的疼。那天我们骑着摩托车翻过了一座山，又拐了几个弯，再翻山，再拐弯，一路摔了好几跤，又以风雪不挡道和恋爱可以战胜一切的热血精神继续前进着。可腿部被摔得不能弯曲撕心的疼，和那走不完的一道道梁一道道弯还有怎么都望不到边、走不完的沟沟洼洼，让一直生活在城市里的我，突然有一种难以解释，难以接受的不自在。终于，在一道长长的大坡下，老公眨巴着小眼睛指着上面的窑洞用自豪的口气告诉我："这就是我们的家。"紧张怯怯跟在老公后面，三停歇两缓步终于气喘吁吁地到了院子里。出乎我意料的是，院子里站了很多人，不敢大胆去看，只隐隐在余光中感觉到他们一个比一个穿着简单，淳朴。他们热情高涨地你一言我一语欢迎我，评论我，夸奖我。让我不好意思的不知如何应对。"娃们一路受累受冻了，快点进屋暖暖。"这时，一个声音打破了那个热闹的场面。那是我顺着声音第一次见到二婶，她给我的初步印象除了简朴，其他的很是一般，长相一般，微胖的身体穿着小一号的棉袄显得寒酸而滑稽，唯独让我感激的是她帮我解了那个尴尬的围。

　　那天二婶和几个本家婶娘帮着婆婆做了很多的乡间美食，她们边做边聊，二婶时不时回头和我说上几句，问长问短，问我的工作和家里父母的身体。我坐在暖暖的热炕上，冰冻的寒气像是冬眠在了我的体内，好久都难以释放。二婶坐在炕边拉着我的手磨磋着给我取暖，回头对老公说："侄儿，你能够找到这么漂亮乖巧懂事的姑娘做媳妇，是你娃前世修来的福气，人家娃是城里的，是含着金汤匙出生的，娇贵，你要好好待人家，别委屈了人家这么好的姑娘。"又对我说："孩子，咱们乡里不比你们城里，做不了那么多的好吃的给你，你可不要见怪。咱乡里穷，但人都善良真诚，放心吧，不会亏待你，不会让你受委屈的。如果侄儿惹你生气了，告诉我们，二婶教训他。"她动情地给我说了很多，那一刻，我对她的印象多了感动和亲切。

婚后慢慢对二婶有了更多的了解，从小的贫穷磨炼了她一身的好苦力，下地干活、上山种地是村子里的一把好手，二叔常年在外打工，家里的里里外外都是二婶在操持，能干的她把家里地里安排得井井有条，教育有方的她把三个孩子培养的有礼貌识大体，深得村里人羡慕。她善良的心地，对长辈的孝顺，对乡亲的热情，深得乡亲们的好评爱戴。二婶嫁给老实的二叔，也算是吃尽了苦，受尽了累，可她无怨无悔，任劳任怨。总是挂着知足的笑面对所有的事情。

我们在城里开店，二婶每次来县城，都会拿很多东西来看我，她总是笑呵呵地说："我娃是金枝玉叶，娇嫩，这是二婶去年嫁接的梨枣，肉头大又甜；这是你二叔从新疆带回来的特产葡萄干，可甜了，这是今年那块山地种的最大的玉米……"这样的情况持续了很多年，我深深感动了很多年，从刚开始对她印象的平淡到最后对她人品的敬重。

儿子出生后我在老家待了一年多。我们和二婶家面对面只是隔着一条小路，二婶会经常端着饭碗过来串门，我们的关系越来越亲密，胜似母女。她给我讲年幼时的贫穷饥寒，讲她父母的不和，与二叔婚后的艰难。至今都没能住上新窑洞。为了能早点住上新窑洞，二婶种地比别人勤快很多，天不亮就起床，天黑了也不愿意离开，整个季节下来满嘴都是血泡。一个女人一年打的粮食比别人一家人打的粮食都多很多。加上这几年身怀精湛石匠手艺的二叔背井离乡出远门打工，日子才稍稍有点好转，就在那一年他们盖新房的计划终于开始实施。每一块石头都是他们夫妻自己亲手打磨，所有的沙、土、料都是他们自己一背一背从那长长的坡上运输到院子。二叔的脊背磨破了皮，看着二婶一个女人家家背着那么重的灰沙艰难地爬坡，我不知道多少次哽咽。而我能帮到的只能是给他们洗洗菜，做点饭，就那么一点点付出，二婶都会心疼地说上好几次："让娃受累了。"几乎一年的时间每天累到几乎虚脱，可二婶说，一想到可以住上新房就不觉得累了，脚后跟全是劲。那个盖房的过程我是亲身感知，亲眼看见，几次看着那个因为太劳累端着饭碗就睡着的二婶，我的心里一阵阵心酸，难过，心疼。

可我万万没有想到，好景不长，4年前的一天，老公回来沉着脸给我说了一个晴天霹雳的消息："二婶肺癌晚期。"这怎么可能？这怎么可能？我哭着问老公，是不是误诊了，可他的表情和难过的神情让我跌坐在床上半天回不过神来。时间过得飞快，死神好像在和病魔抢二婶一样，在很短的时间里，我们几乎没有喘息思虑的余地，甚至来不及去实施抢救措施，二婶已经不行了。我和老公说好第二天就去再看看她，送她最后一程，可我还是没有赶上，就在那天夜里，二婶永远地离开了我们。过后，听婆婆说，她嘱咐女儿把那件漂亮的格子大衣放进她的棺材里，我顿时泪奔。

那天下着和今天一样的雨，天黑沉沉地压得很低，让人缺氧窒息，儿女们撕心裂肺的哭喊揪碎了所有人的心。出殡的那天，巧合还是天意，依然下着今天这样的雨，我从城里赶回去送二婶，站在雨里，看着他们抬着棺材一步步离开，我哭得嗓子沙哑。泪眼婆娑中二婶的身影、笑脸和她端着饭碗睡着，弓着身子在爬坡的画面，如同演电影般地一一呈现在眼前，看着棺材越来越远，我只能对着天空说，老天，求你好好收留对待这个好女人。

一晃，时间已经过去了4年，忙碌中不怎么提起二婶，可每次回老家看见对面那个不再热闹，没有二婶身影的院子，总是会有一股悲凉伤心泪湿心头。尤其是公公3年前同样的癌症去世，一样的场景，一样的伤痛，一样的不舍，更是让我想到二婶的病痛和她生前的种种好。坐在门口的石凳上，对着二婶用她几乎一生的心血修起的新窑洞，我不止一次的泪流满面。

如果在天有灵，我希望二婶一定不要再那么辛苦。

- 守望 -

丰硕

因工作的繁忙，使回家看母亲的计划一拖再拖。终于要回家了，又担心母亲等待焦急，没敢告诉她我们的归程。

家乡路口，枣树下在那长长的石条凳上坐着辛苦劳作回来歇息的乡亲们，大家热情地向我打着招呼，他们拿出在菜园里刚刚摘来的西红柿让我们吃。突然一个婶子说："你妈回来了。"

顺着她指的方向看，可我怎么都看不见母亲，只看见一个大的草垛慢慢向我们走来。越来越近，是的，是母亲。我们看见了草垛下面瘦小的母亲吃力地弓着腰支撑着比她大几倍的草垛慢慢艰难前行。儿子和老公跑了过去，而我早已经没出息的红透了眼眶。走到我们跟前，母亲拍打着身上的尘土，想要直起腰但努力了几次都直不起来，她不好意思地笑笑，用袖子擦拭着额头上浓密的汗珠。可能是上火的原因，嘴唇的几条裂口隐隐渗出血，可她却笑得那么灿烂，嘴里不停地说："你们怎么回来了？"想要回应她的话，嘴唇却抖得说不出话，嗓子像卡了鱼刺般的发痒刺痛。

母亲是个苦命的人。命运曲折历经坎坷苦痛。3 岁丧父，上有姐下有弟。和外婆相依为命，艰难度日。看着 3 个孩子饿得全身发肿，在媒人的撮合下，外婆一咬牙带着 3 个孩子嫁到了西安永平一个贫苦的农家里。母亲的继父家庭贫穷，未曾娶妻生子，因此所有的人都以为他会珍惜这份千里姻缘，也会善待这 3 个可怜的孩子。而且外婆进门后，陆续给他生了一儿一女。虽然日子过得贫困，但大家都觉得只要一家人和睦团圆，也可以是一个幸福的家庭。万万没有想到，温顺、乖巧、善良的外婆和几个可爱、懂事的可怜孩子，都没有打动那个男人的心。只要他不高兴就会大打出手，对家里的大人孩子非打即骂。外婆的迁就、害怕，不但没有让他觉悟反悔，反而助长了他那颗狭隘、自私、残酷的心。家里像是安着一个一触即发的炸弹，让全家人时时惶恐不安。那时年仅 9 岁的母亲，不敢多说半个字，怯生生地过着小心翼翼的生活。哪怕那个人只是高声咳嗽，母亲都会吓得尿湿裤子。在母亲的回忆里，这些都是她不愿意提起的。每次提起这些，母亲的肩膀都会发抖，话语也会跟随着发颤。在一个又被那个男人打得遍体鳞伤的夜晚，外婆在半夜狠心放下那两个嗷嗷待哺的孩子，偷偷带着母亲姐弟三人逃离了那个魔窟家庭，又返回到了已故姥爷的旧村子里。母亲说，回来后的外婆在姥爷的坟前哭了整整两天两夜。不论谁都拉不起来。然后变得异常的沉默寡言，默然地不理睬任何人，只是神经质般不停地做鞋子，一双比一双大，满满的摆了一窗台。夜里，外婆会对着那些小鞋子，自言自语和它们说话："孩子，你们好吗？妈想你们啊，孩子，你们乖不乖，那个坏人有没有打你们？"母亲说，外婆自从回来后就没有怎么睡过觉，即使是睡着也会突然坐起来，大声喊那两个孩子的名字，接下来就是长时间的哭泣。终于外婆病倒了。

从小缺乏营养的母亲，个子矮小瘦弱，但她非常吃苦耐劳，为了维持生活，给外婆治病，母亲和她的姐姐每天起早贪黑编织陕北窑洞炕上铺的席子去卖。为了省钱，饿极了的母亲就会向周边的村民讨口水喝。母亲告诉我说，那时有个秘诀，那就是在喝水时加点盐进去，就会越喝越渴，越渴越喝，水喝多了肚子就不饿了。母亲的话让我的心酸楚哽塞。

母亲嫁给了同病相怜，也是早年丧父的父亲。父亲在家是长兄，下面有6个弟妹，最小的只有5岁。而天性善良，从小受尽万般欺凌，历经苦难又身为长嫂的母亲，对待几个弟妹的关爱照顾是几个姑叔如今都记忆犹新，难以忘怀的。他们对待父亲母亲的敬重不仅仅是哥嫂，更多的像是父母。

母亲没有读过书，斗大的字不识半个，可她骨子里的淳朴善良，勤俭持家，孝顺长辈，赢得了全村老少的称赞。父亲一生以贩卖牲畜为生，说话办事铿锵有力，说一不二的他，对待母亲却是异常温柔。有一次喝醉酒，父亲给我们说："娃们，好好疼你们的妈，你妈是个苦命的人啊。"父亲说那话的时候很平静，而我听着他的话，想着母亲的遭遇，心里泛起层层涟漪，难受极了。母亲能有父亲这样疼她的人，能有我们这些孝顺的子女，也算是老天开眼。可父亲的突然离世让原本矮小的母亲，一时间仿佛变得更加低矮瘦小，她不说一句伤心的话，原本就不善表达的她，只是低着头摸着父亲的枕头沉默不语，我们谁都不知道她心里在想什么，可她几近冷漠麻木的表情神态，让我们所有人的心揪扯得生疼。

父亲出殡的那天，天空飘着雪花，我们号啕大哭，叫天喊地，希望那个灵魂没有走远的父亲可以回来再给我们遮风挡雨。按照习俗，母亲是不能去坟地送的。我因为发烧不舒服没有去坟地，被留下来照顾母亲。而母亲站在路口，一眼不眨的目送父亲的棺材越来越远直到看不见，母亲蹲下身子，在路口处用石头尖画了两条长长的道，我听见母亲低声地说了四个字"记得回来"。那一刻，我像个孩子抱着母亲哭得天旋地转。而母亲拍着我的背，给我擦眼泪，用坚定的声音说："走，孩子，跟妈回家。"这是多么坚强的女人啊，她所能够承受苦难的坚强坚韧是值得我们一生去学习的。

"走，孩子，咱们回家"，母亲的话打断了我的思绪，牵着母亲的手回家。那双自幼干活干涩的手，骨节弯曲不能伸直，无法并拢。指甲盖的边缘向上翘起来，掌心全部都是茧子。这是一双什么样的手啊，我有好久没有摸过母亲的手了。此刻她的手就在我的掌心，磨蹭着她的手，我的心像被小刀一点一点地切割一样的疼。

母亲拿在手里的围裙被我抢走，强行让她上炕休息。懂事的儿子和奶奶聊东聊西，给奶奶讲故事，唱歌，手舞足蹈的跳舞。逗得母亲笑得脸上像盛开的花儿。我做了臊子面，热腾腾的把第一碗端给母亲，接过碗筷，母亲眼里闪着点点的光，说着："我的儿媳妇是这个世界上最好的媳妇。"我假装没听见，笑着转身。可我心如明镜，比起母亲对我的爱，从我结婚进门那天起，她这17年对我的付出，是我用一生都无法偿还，无法补报的。

- 父亲的一生 -

丰硕

这么多年来，我第一次提笔写父亲，一时间思绪万千。

很小的时候，父亲的母亲因病去世，听父亲说，年仅两岁的姑姑在奶奶放进棺材的时候，还咬着奶头哭喊着不肯放手。村里的父老乡亲都为那个揪心的画面哭红了眼，也为这个支离破碎的家捏一把汗。年幼的父亲受了很多我无法体会到的苦，可是他还是坚持着读完了高中。那个年代的高中不是一般家庭能够支持读完的，一直爱书如命的父亲在给爷爷下跪苦苦哀求的方式下完成了高中学业，又以3分之差与大学失之交臂。那时的父亲为此事差点没有站起来，以至于很多年后，他给我们说起此事依旧是泪眼汪汪地叹声连连。高中毕业后的父亲做了一名初中代教老师。那个年代的教师俗称臭老九，不仅仅是寒酸，还有卑微和低下。然而父亲一直坚持着，用他的话说，至少他可以天天和书在一起。直到招兵指标落于父亲的村庄，原可以顺利参军的他，却因为姑姑嫁给了成分不高的姑父，而失去了资格。后来，爷爷以把父亲转继给别人当儿子的方式才得以让父亲当了兵。一波三折的父亲在军营里以他刚直、干练、勇敢的脾性得到很多领导的赏识。复员后，顺利地进入了一家化工厂。对于一个穷孩子，父亲也算有了一个可以养活自己的饭碗。

父亲和母亲是通过媒人介绍在一起的。小的时候，父亲总说，那天他和同事去看电影，晚上回来我已经呱呱坠地，他对不起我，没有在第一时间看到我的出生，也没有在母亲最需要的时候，陪伴在身旁。我在渐渐长大，也渐渐懂事。慢慢地才发现我的家庭和别人不一样，每天都是吵架甚至打架，父亲母亲都很爱我，可是妈妈的眼泪，父亲的叹气让年幼的我害怕，胆战心惊。每次放学回家，不是直接进屋，而是把耳朵贴在门缝上听里面的动静，然后怯生生地进屋观察情况。似乎已经记不得有多少次，听见里面妈妈的哭声和吵架声，我就会偷偷离开，独自躲在角落里默默流泪。记忆里打架时的盆碗满天飞，是我永远无法抹去的可怕回忆，也是幼小的我无力涂改的画面。那时我才只有几岁，却是那么的希望父母离婚。每次听见母亲说，是为了我才维持着这桩婚姻的时候，小小的我不说话转身离开。可是眼泪会不听使唤地诠释着年幼的我的无奈和痛苦。

爷爷在我 11 岁那年去世了。他下葬的那天晚上特别冷，人穿着棉袄依然冻得浑身哆嗦。父亲喝得一塌糊涂，把我抱在怀里，像个孩子似的颤抖着说："硕，我没有爸爸了，硕，硕。"他揪着胸前的衣服，面部抽搐痛苦地说："没有了爸爸的这种感觉好疼好疼啊。"在我印象里，坚强的父亲几乎没有滴过一滴泪，而那晚他像个婴儿一样肆无忌惮地哭倒在爷爷的棺材边睡着。我却不知道为什么哭到天亮。

工厂不景气，父亲下岗了。在战友的帮助下，不争名利的父亲却阴差阳错地经了商。在经商路上，诚实有信的父亲虽然走得艰辛，可他的付出也换来了成功。在父亲的影响、母亲的呵护下，我长大了。

然而家里的吵闹声没有中断停息过，随着年龄的成长，我也渐渐开始明白父母的不合，没有谁对谁错，只是志向、脾性、价值观、人生观完全不合。他们的吵闹似乎时时在我耳边回响。就算我离家求学，那些刺耳挠心的声音也没有让我得以安宁，经常在梦里喊叫哭醒。我变得敏感，多疑，不相信爱情。甚至心里对父亲母亲有一种难以解释的恨。

雪片般的求爱信不但没有让我高兴，反而让我苦恼和害怕。我远离了所有对我好的人，拒绝了所有表白的人，我把自己的心封锁了起来，害怕谁的感情进入我的心里。自己觉得不错的人更是逃离，甚至假装冷漠。在求学路上，本可以比很多同学过的轻松，可是，我拒绝了父亲的帮助，倔强的自己勤工俭学完成了学业。很多人不理解，而我却坚持了下来。在同学眼里，我有着爱我的爸妈，殷实的家庭背景，姣好的面容，温柔的性格，拔尖的成绩，还有那么多愿意肝脑涂地的追求者，应该算是个幸福的人。可我的内心里，却怎么都无法说服自己去快乐起来。我害怕，害怕感情失败，害怕吵架的婚姻，害怕父母的生活会复制到我的世界里。因此我时时刻刻在逃避着。这些所有的所有，我不敢也不想告诉父亲，说不清是不舍得他难受，还是以这样的方式在惩罚他，让他内疚难受。

父亲用他的辛劳换来了如今的生活，直到现在，年过 60 的他依然在奔波着，他在用他的态度给我做标榜，希望我也能够不服输，能够坚强勇敢地面对自己的人生，希望我比他更有出息。去年有一次，我送父亲去上公交车，猛然发现一向能干好强的父亲，背影不再那么挺拔，突然一下子变得像个老头，一刹那，鼻尖酸酸嗓子眼塞。

那天，父亲在沙发上看着电视睡着了，身体那么瘦小、无助，两鬓长出很多白发，脸上也刻上了岁月留下的记痕。突然，我的耳边回想起爷爷下葬那晚父亲抱着我说过的那句，"硕，我没有爸爸了。"那一瞬间看着沙发上的父亲，我无法控制地泪流满面，差点出声。轻轻走到父亲身边，给他盖一薄毯，轻轻把他搂在怀里，和父亲贴得很近很近。

- 怀念母亲 -

毛延茹

开着卧室里的电视，是为了让自己在这样一个风雨交加的夜晚，不觉得那么恐惧和凄苦。随着轰轰的雷声，屋内的光线也忽明忽暗，坐在桌前，看一缕散发着幽香的雾气袅袅上升，回忆便淋湿了心泉。

生命中曾经有过多少似今夜这样的夜晚，一个人听着窗外肆虐的风雨，心中那份孤单和无助逐渐变成一种空白的麻木，此刻已然分不出柔弱和坚强，对我而言已没有什么分别。狂乱的手伸向四周，抓到的只是一把比内心更为可怕的空虚孤单。在这个世上，那个最疼我的人已经去了，从此再没感受到那种自心底深处涌出的暖流。

拾掇衣橱，看见了这件红色的上衣，崭新，连扣子都没钉过。无数逝去的光阴，扔掉多少衣物已不计其数，唯独这件红色的上衣整整齐齐地叠放在衣橱的最底部。深沉的枣红，不刺眼，刺心。

从小不太喜欢颜色鲜艳的衣服，黑白灰成了整个人生的基本调。有一天，母亲拿着一块枣红色的布料，说颜色好看的爱不释手，一眼就相中了。非要我去做一件衣服，我犹豫着，说这么红怎么穿的上身，母亲执意说好看。怕拂了母亲的面，更拍伤了母亲的心，便在无奈和不情愿中去做了这件上衣。

终归在母亲去世之前没能穿在身上，连扣子都没能钉上的上衣，就这样静静地躺在角落里好几年，无声无息，一如母亲疼爱子女的心。

从此，我更加拒绝一切红色，那点红变成了心上的朱砂，不敢触碰，碰了，便滴出鲜红的血。

怀念母亲，在这样一个感伤的夜晚，轻轻地翻开记忆的相册，寻找母亲慈祥的笑容。看《我的丑娘》一直没掉眼泪，不是因为演员表演的不投入，而是经历过人世间最浓烈的亲情就不再轻易的感动，就好像喝惯了醇正的高度酒后所有的感官又怎么会让平淡的饮料所麻醉。当我看到梅瘫在床上不能言行的婆婆，写在一张张碎纸片上的"儿"字时，我的心撕裂般的疼痛，在越来越模糊的剧情里，为娘亲流下悲伤的眼泪。

怀念母亲，在这样一个孤单的夜晚。此刻，除了母亲，哪一个人可以担得起我深沉的思念。只有母亲才是唯一让我感到歉疚的；只有母亲，才是唯一让我感到温暖的。这种温暖没有任何一丝的杂质，那种舒适让我即使泪流满面心底绽放的也是幸福。想就哭吧，和着窗外的风雨，再一次体验人生诸多的不快与永远失去的亲情相比是多么的微不足道，是多么的不值一提。

怀念母亲，怀念孩提时母爱的点点滴滴。母亲辛劳的身影，慈爱的脸庞，熟悉的动作，甚至母亲生气时的责骂，都是那么的清晰亲切。一次次梦中醒来，总是急切的满屋寻找母亲的踪迹，捧着母亲为我缝制的香包，抚摸着精美的图案，嗅着上面母亲曾经的气息，任凭眼泪打湿了粉红的荷翠绿的叶。我仿佛又一次走在回家的路上，远处是母亲翘首盼望的身影，香甜的糖酥火烧伴随着母亲的笑声溢满了一生的时光。

今夜，任凭孤单怎样不甘心的游荡，心中已没有一点容留它的空隙。红肿的双眼，仓皇的面容，都已不能阻挡我的思念，想着母亲，就觉得雨夜不再无助。

- 梦里又见父亲 -

毛延茹

今夜又梦到了父亲，依旧是那种慈爱的眼神，精神异常地矍铄，衣着也很整齐，朦胧中已记不清手里拿的是什么。父亲看着我许久，便转身向前走去，我拼命追赶，问父亲去哪里，父亲没有说话，只是越走越快，我大叫一声，从梦中醒来，打开灯已是深夜一点。

此时睡意全无，心情却异样地凄楚。我呆呆地望着屋顶，周身充满了孤独和无助。我害怕父亲会像梦中一样舍我而去，害怕这世上会少一个疼爱我的人。

时至今日，和父亲的交流其实并不多。父亲是那种不大说话但却很威严的人，从小习惯了母亲的吵骂，也学会了和母亲撒娇耍赖，但对父亲，姊妹几个却充满敬畏，从不敢顶撞。印象最深的是无论谁发脾气不吃饭，父亲便把饭筐高挂在屋顶，想吃都不给你。几次较量下来，不吃饭的招数谁也不敢再用，即便心中再委屈，也不会和饭怄气。

父亲身体不是很好，身上长满了疤痕，听母亲说是年轻时得了一场大病留下的。小时候，经常坐在父亲身边数着这些疤痕，听着

03 生命最温暖的遇见 / 129

母亲絮絮叨叨地抱怨自己嫁了个病汉，感觉很好玩，却全然不懂那个年代生活的艰辛。

父亲母亲在当地是小有名气的裁缝，做的衣服既合体样子又好看，因此生意很好，常常是忙到半夜，姊妹几个每天听着嘀嘀嗒嗒地缝纫机声进入梦乡。一进腊月，更是忙得不可开交，经常是通宵达旦。而忙到深夜，父母总会加点夜宵，每当那"嗞嗞"的炝锅声夹杂着喷香的葱花味传到我们的鼻子里，一个个便在被窝里蠢蠢欲动，故意弄出一些动静告诉父母我们醒了，但等父母一声令下，几个便飞速起身一起拥向锅台。

童年的记忆中时常会浮现出这样一幅画面：每当做衣服久了，父亲总会倚在门框上来回磨背，因为长年累月地做工，父亲的腰椎落下了毛病，走起路来，总是一肩高，一肩低。俗话说："干啥伤啥。"因为看够了父母的辛苦，我们都没有子承父业，父母精湛的手艺便从此失传，认识父母的人无不为此感到惋惜。

时世沧桑，留在记忆中那些岁月的故事已飘飘遥遥模糊不清。当年那几个不经人事的毛丫头愣小子如今也已为人父为人母了，而我们的父亲母亲在历尽艰辛把子女抚养成人，即将离开工作岗位准备安享晚年的时候，却不幸双双病倒。每当看到父母因病痛的折磨而越来越衰弱时，心中那份焦灼、无奈，常常让我痛苦不堪。姊妹几个经常互相哭诉着对父母的心疼，在那电话的两端是呜咽的心碎的子女。

守在父亲的身边，望着那苍老的容颜和那双浑浊却依然慈爱的眼睛，眼泪渐渐盈眶。上苍，哪怕所有的病痛让我承受，哪怕就这样躺在病床上，不能和我说一句话，只要走进家门能看见年迈的爹娘，我心足矣。

翻身起床，窗外仍孤月零星悬天，在这黑色如漆的深夜，想回家的孩子是怎样地盼着天明。

－ 二哥 －

王明科

二哥是大伯的二儿子，我的堂兄。二哥只是个普通的农民，其貌不扬。而我久想写一写二哥，是因为他和二嫂的故事。

二哥生于 1966 年。农村人结婚早，他刚 20 岁的时候，大伯大娘已经张罗着给他说媳妇了。二哥走马灯一样去相亲，姑娘见了一个又一个，就是没有他中意的。大伯和父亲作为长辈很是焦急，教训二哥："咱家里条件又不是多好，你长得顶多占中等，还挑啥呢？媒人哪一个不得烟酒招待？你这一年里浪费的烟酒钱也快够娶个媳妇了！"那是物质还很匮乏的年代，钱不能随便浪费。二哥只是低头不语。

他遇见二嫂正是这一年年底的春节。那天，二嫂到自己的堂姑姑家来拜年，她的堂姑姑娘家是我们邻村的，嫁到了我们村，我们叫她大奶。中午吃罢饭，二哥到外边去串门，路过大奶家，看到了21 岁的二嫂。当时二嫂正和自己的表妹在院子外边笑着踢毽子。她的表妹唤她："大妮姐，踢得高了。"二嫂笑着踢着。巧笑嫣然，身影活泼。二哥的脚一下子迈不动了。

他立刻折回家来。他找到大伯，要他去向大奶提亲。大伯一听，十分高兴，晚上连忙去了大奶家。可是大伯回来后却告诉二哥："那姑娘是你大奶的娘家侄女，按辈分算来是你表姑呢，辈分不对。另外，这姑娘的爷爷在解放前是个土匪，解放后被枪毙了，这名声不好，跟咱门户不相当。不行！"可是一向温和的二哥发了倔脾气，再也不肯相亲了。

1987年的春天，有一个煤矿来我们村招工，二哥报了名就走了。秋季的一天，大奶到我家来，说："你们知道小东的事吗？他不知道怎么打听到的我娘家侄子（二嫂的哥哥）的名字，给我娘家侄子写了一封信，信封的背面写着'转交大妮'，大妮看了信，给他写了回信。现在俩人已经书信往来几个月了，大妮也闹着把去年已经定的亲退了，他父亲都气病了，说她面都没见就定下来了，叫我问问你们咋办？"大伯大娘很是吃惊。全家人开会商讨，说事已至此就同意他们的事吧。

大伯一封家信，二哥立刻请假归来。这一年的中秋节，二哥二嫂在大奶家第一次正式见面。二人这才订了婚。订婚之后二哥的脸上天天都带着笑容。这一年的冬天俩人结婚了。

大伯家孩子多，日子艰难。二哥结婚之后就分家单过了。分家之后第一件事他就是想给二嫂盖一座新房子住，可是又没钱。他每天去拉土做成砖坯，然后运进窑里烧成砖头。那些天，总是他一个人在忙，他从不叫二嫂干这些体力活。有时候二嫂想帮帮他，他一挥手：这不是你干的活，歇着去。

房子终于盖好了，二哥想学个手艺养家，他选择了做豆腐。那时候还是以人力为主的年代，做豆腐是一件很费功夫的事。选豆捡豆泡豆，还要随时监测泡的程度，泡好后磨豆腐，磨的过程有三四道，然后还要滤渣，滤好之后还要来回过筛，最后筛好的豆腐阴晾成块。晚上要起来一次又一次，早晨五更里就起来磨了。等村子里做早饭的时候，二哥已经挑着担子在村子里吆喝了。这烦琐的做豆腐的过程，二哥也从不叫二嫂插手。

后来他们有了孩子。农村的旧风俗男人都不管孩子，养孩子做饭都是女人的职责。但是二哥不这样。他白天干活，晚上搂着孩子跟自己睡，夜里喂水把尿，生怕耽误了二嫂休息。只要他有空，也从不叫二嫂做饭。所以一直到现在，二嫂都不怎么会做饭。

那年夏天，二哥在西坡种了一块西瓜地。那时候是除草剂杀虫剂还不盛行的年代，地里的草是人们用手拔掉的，西瓜是无公害的。二哥因为每天都要磨豆腐，就叫大伯去瓜地里看瓜。大伯一辈子勤劳惯了，晚上看瓜，白天拔草，炎炎夏日，汗流浃背，不免渐渐对二嫂有了怨言。在他眼里，二嫂既不帮二哥做豆腐，也不到田里干活，只会哄孩子，跟别人家媳妇差得太远了。于是有一天早晨，二嫂来给大伯送饭的时候，大伯就对着二嫂发了一通脾气，骂二嫂懒，不体贴丈夫不心疼老人。二嫂哭着回家了。不一会，二哥就脸红脖子粗地冲到了瓜地，质问大伯，为什么骂二嫂？大伯刚消下去的气又来了，大骂二哥："没良心的东西，娶了媳妇忘了祖宗。人家的媳妇都干活，为啥你的媳妇就那么金贵？还一句都不叫说？"二哥听着大伯的骂不吭气，末了说了一句："你打我骂我可以，我就是不许人骂她！"说完扭头就走。从那之后，他抽空就到瓜地拔草。但是，仍不许二嫂去地里干活。

2000年之后，二哥学了建筑的手艺，又当上了工头，日子渐渐好了，手里也有钱了。当上工头之后，应酬多了，有时候回家就晚了。

有一天晚上，二哥回来得晚了，二嫂焦急地去大路上张望，结果崴了脚。从那以后，二哥再也没有晚回过。

去年，二哥家娶了儿媳妇，还盖了一座漂亮的小洋楼。因为他跟儿子对院子里的规划设计意见不一致，所以暂且没有收拾院子。因为院子低，房子高，所以门前就做了老高的台阶。结果有一次二嫂不小心从台阶最上层一头栽下来了，所幸院子里是沙土地，没受伤。但是二哥气极了，当着儿媳的面骂了儿子一顿，第二天就立刻收拾院子做地坪，根本不再和儿子商量如何设计院落了。

二嫂爱笑，年轻的时候长着苗条的个子，皮肤微黑瓜子脸，眼睛不大，高鼻子小嘴，一口洁白的牙齿。也说不上是个多么漂亮的女人。但是20岁的二哥，在踢毽子的二嫂身旁经过时，惊鸿一瞥，从此认定。一旦娶回，他便用自己所有的爱呵护二嫂今生今世。这种真情，这种一旦认定就一辈子不辜负的爱情，是否是我们这个时代所欠缺的？

－ 我爱我妈 －

翟孝章

　　提起我妈这个人，我有一肚子话想说。我自小生得丑陋，又调皮捣蛋，一身匪气，于是很不招人喜爱；尤其是我妈，更是见不得我。作为妈的头生娃，我的贫贱怪丑之相没有给妈带来一点体面或者是虚荣，所以妈对我那时大失所望。婆就常常劝说我妈："世上样子中看的大半是草包，不是草包的多数是貌丑。"其实，这意思再浅显不过，无非是让妈好生抚养我，说我将来兴许还是个人物呢。

　　我妈毕竟是我妈，我也毕竟是我妈的儿。不过，我并未给妈什么光荣和安慰，而是常常惹是生非。我与别的孩子打架，人家的家长闹哄哄地拉扯着自己哭哭啼啼的孩子寻到我家，妈就小心地赔情道歉，不停地数落我的不是，随后就厉声叱骂我，且手提擀面杖，直奔我而来，我失声惊叫，拔腿就跑，但终于还是被妈一把逮住，打得鼻子口里都是血。那一时刻，心里竟然暗暗对妈生起一种莫名的仇恨。

　　先前，我家经济拮据，一家五口人生活全部依靠父亲微薄的工资维持着。为了减轻我父亲沉重的负担，也为了喂养自己的孩子，妈偷偷扒上火车西去宝鸡一带卖血，舍不得吃喝，舍不得住店，求人看脸，用自己的鲜血换回几十块钱。妈用卖血的钱买了肉包饺子，那时我少不更事，居然吃得津津有味。记忆里，诸如此类的事情可谓多矣，特别是日常生活当中的小事小情，我手中这支笨拙的笔是写不尽的。想那冬日的早晨，空气干冷干冷的，妈把我的棉袄在灶口烘热，口里轻唤着我的小名，抚摸着将我两条胳膊塞入温暖的袖筒，一枚枚系好了纽扣，然后一把将我揽入怀中，轻轻地放在脚下。案上，早有馏热的馒头和煮熟的蛋羹，那是妈为我上学预备的早点。

说话间，我就长成七尺汉子，如同长大的鸟雀飞到了外面的世界。我离开了生我养我的故乡，离开了疼我爱我的妈，独独一人，行踪无定。人在江湖，身不由己。偶尔想妈想得心痛了，也不管黑天白夜，就风风火火地飞车而归，在家里，却猛然发现妈头上的黑发竟然一根根少了，多了的是一丝丝的灰白。

妈确乎是老了，看去已然没有当年的要强和泼辣，行动似乎也有些缓慢，甚至于性子也不再急了躁了。每见我回家，妈眼里一亮，喜得什么似的，一遍又一遍地叮咛着锅里有饭笼里有馍，然后就闲闲地坐在我的一旁，不厌其烦地念叨着关于我们家关于我们村的一些坛坛罐罐盆盆碗碗的事情。

我妈是我家唯一的女性，她统摄和支撑着我们这个家。长年累月，妈勤勤恳恳，任劳任怨，默默地忙碌着永远也忙不完的工作。从小至大，我一应穿戴皆由妈包办料理，缝缝补补，浆浆洗洗。甚至于我脚上的鞋子腰间系的裤带，哪一样不是经过她的双手缝制而成的？难以想象，没有妈，我们一大家子人会是个什么狼狈相。

去冬的时候，我孤身翻越秦岭，被困于山城安康，不得已给父亲挂通了长途电话，以求家人接济。父亲和我通话后，我妈就急急地抢过电话，也许是因为心太切太急，她竟断断续续结结巴巴吐不出半个字。我紧紧抓住听筒，依旧听不清妈说什么，却分明听得一阵低低的抽泣，继之传来一声痛苦极了的哽咽。妈的声音通过电流从遥远的家乡传递过来，虽是无字的哭腔，我却听懂了其中的意思。这哪里是一哭一泣？这是妈带血见泪的牵挂啊！

很久很久，我没有放下电话，脑子里一片轰鸣，想象着妈苍老多纹的额头，想象着妈哭红的泪眼，想象着妈哆哆嗦嗦的嘴唇，于是心胸泛滥了摇山撼海的激情，泪水夺眶而出。

－ 外婆的三寸金莲 －

周静灵

秋要来了。

几缕幽闲的光从窗棂间轻轻地折射进来，小心翼翼地照在翻开的书页上。春露到秋白，光阴在流转。有些人，再怎么怀念，也渐渐远了，像一轮明月穿潭底而无痕。

外婆已过世多年了，如今连关于她的梦也变得稀薄了。闲时发呆，也会想到外婆还有和外婆一样的那个年代的女子，银手镯精致而又古意地在腕上风情着，一抹银白衬托嫁衣的华丽，凤冠霞帔的新娘子，在鞭炮声中与娘家人挥泪告别……如今这样的联想也觉得无端端地缥缈空灵了。只清晰地记得外婆的三寸小脚。

新笋脱瓣月生芽，"三寸金莲"似乎有无限的美却又怅然。仿佛馒头上的朱砂红，让人过目惊心。

石板路弯入小巷，轻敲门环，先是应了一声，然后悉悉窣窣。过了半晌，门吱咀开了。外婆满头银发，细脚伶仃，脸上挂着笑，嘴里絮叨着。我进屋，她挪着小脚，努力地跟紧我。那些年，我十几岁，外婆已年近 80。

夏季，院子里爬满了青藤，外婆已多年不出院门了，繁华盛世外的缤纷和世间的风尘都关在了院外，偌大的院落里布满了她细碎的小脚印。外婆慢慢老了，虽是无惊无扰，虽是不言沧桑，却如昏灯，有难言的暮气。

外婆年轻时家底殷实，日子也过得花团锦簇。小时候，外婆经常帮我们梳辫子，长长的红头绳一圈一圈地绕呀绕，绕的眉毛都被生生吊起，像有一只无形的手将整个脸向上提着，极不舒服，这样的羊角辫招摇几天都丝毫不乱。也许，对于外婆来说，这与她儿时的缠脚，不可相比，女孩子总是要受点约束的。

外婆一生爱美，记得有一次，看到她把线从一端劈成两股，嘴里咬着没分叉的那端，两手各攥分叉的两端，三股线在姐姐的脸上一张一弛，一拉一扯，不一会儿，就看到姐姐面目清爽，眉清目秀了。那个动作，温情无限，定格在了我几十年后的记忆里。

一大片的往事，一寸寸地蔓延开来。包饺子，裹粽子，做手工，教姐姐用鸡蛋白和白砂糖兑好搽脸……往事历历，逝水流年。百姓的烟火，四世同堂的快乐，外婆把柴米油盐的日子，过得香浓弥漫。

早些年，我喜欢去古玩市场，喜欢淘那些带着光阴味道的小物件，有一次，蓦然看到一双瓷质的三寸金莲，一时间，我愣住了，有一阵恍惚，这才是外婆梦寐以求的鞋吧！孔雀蓝的底色，鞋面有暗莲花，鞋口和鞋边都镶着一圈银，脚面上有颗一点红，灵巧而又妩媚，一时间就想到了古时女子穿上这样的三寸金莲，在莲花台上跳着舞蹈，真是脚踏莲花，步步生香。

淘到这双鞋的时候，外婆已经去世了。我经常会想象，外婆看到这双鞋时的表情，喜悦也许还会面有羞涩，或者会有兴奋，仰或愤怒。至今，我都不知道外婆对于自己的小脚是喜爱还是憎恨，只是从未见过外婆露过双脚，哪怕是盛夏，她永远都穿着一双白袜子，袜子都不合脚，前面脚趾处都空着，袜子无力地耷拉着。

看过外婆的脚，像个半成品。整个脚已被缠至三四寸，脚背高高隆起，成了角黍形，像极了端午的粽子。

外婆喜欢鞋，我们也热衷于给她买鞋。童鞋34，我永远记得这个鞋码，市面上已经没有外婆穿的鞋了，我们都买童鞋。童鞋里的皮鞋、凉鞋、布鞋都带着稚气的纯真，让外婆的内心如鲜花着锦，笑容在脸上满满地漾开着。每次有新鞋，她总是一脸喜悦地试穿，很难有合适的，但外婆总是乐此不疲。

这三寸"金莲"啊！一颗老灵魂，七分玲珑心。

时光过去了，那段记忆是我们生命中永恒的温暖。

如今，隔着长长的岁月，想起了您的名字——朱长月。

外婆，一声呼唤，细软绵长，带着尘世的欢喜，糯糯的香。

风会记得一朵花的香，外婆，您还给了我妈妈。

－ 三十棵白菜一个冬 －

为民

　　去年初冬，大姐一个远在乡村的好姐妹文静，来县城办事顺路看望她，带来了三十棵大白菜和十几斤羊肉。

　　事先未约，恰好大姐有事不在家，文静按照大姐电话里指导的路线，拐弯抹角找到父母家，边搬白菜边说虽不是啥稀罕东西，但是她自家地里种的，绿色环保，吃着放心。

　　放下白菜和羊肉，在父母的再三挽留下，文静没有在家吃饭就回去了。

　　俗话说，萝卜青菜各有所爱。冬天，白菜是母亲的最爱。文静送来的白菜，母亲欣喜的不得了，这三十棵白菜做成美味佳肴，伴着父母亲度过了整整一个冬天。

　　那天，刚送走文静，母亲就急着用她略显粗糙的手，轻轻地握着一棵棵结实饱满的大白菜，细心地为它们整装，削根去泥，撕扯掉外层有些发黄的菜帮子，再小心翼翼地一棵一棵整齐码放在厨房的一角，视如珍宝。

　　我喜欢白菜，更喜欢吃白菜，我是不怎么会做菜得那种。白菜却是母亲冬天做得最多最好吃的菜，可自由发挥随心所欲，做出好多菜样，炒着吃、拌着吃、炖着吃、炝着吃、熘着吃……

　　母亲会把白菜里面柔嫩的菜心摘下来，洗干净，切成丝，装盘撒上白糖，淋上醋和香油，真的香脆爽口，是一道不错的凉菜；母亲做的猪肉白菜炖粉条，汤浓味醇，酥烂鲜香；母亲把白菜帮子加肉或者粉条剁成馅包饺子、蒸包子。一次顺路回家，不方便买菜，母亲就给我们做素火锅吃。有白菜、豆腐、粉丝，加上自制的辣味调料，一顿美味的素火锅就开涮了，直涮的我们胃口大开，舒畅淋漓；特别是寒冬里，羊肉白菜炖着吃更是母亲的拿手好戏，红汤羊肉加上白菜，味道让我回味无穷。

　　现如今，生活条件好了，一年四季超市和菜市场各种肉类、海鲜、蔬菜应有尽有，不少人感叹"大鱼大肉吃腻了，来一盘醋熘白菜真美味；酒足饭饱之后，上一碗酸辣白菜肉丝汤真提神"。不管是在那个物质匮乏的年代，还是在富足殷实的当今，我初心不变，依然独钟情百菜之王大白菜。纵观历史，古人钟情于白菜的例子也不胜枚举。美食家苏轼升华了白菜的品位"白菘似羔豚，冒土出熊蹯"，他把白菜比作味美的羊豚、熊蹯。宋代画家高怀宝的《白菜图》寓意充实无虞的朴素生活。画家齐白石《白菜辣椒》画中题字为白菜鸣不平"牡丹为花王，荔枝为果之先，独不论白菜为菜之王，何也？"关于百菜之王的白菜，民间早有说法，"百菜不如白菜香""鱼生火、肉生痰，白菜豆腐保平安"。

　　今年初冬的一个周末，我早早去了趟农村的集市，正精心挑选大白菜时，手机响了，是母亲打来的："文静又送白菜过来了，和你大姐一块来的，要是你不忙的话，就带上孩子回家来吧，娘给你们做羊肉白菜吃……"

那天，我们围坐在一起，拉着家常话，说着开心事，由于心情愉悦，我们每人倒了杯小酒，品味着母亲亲手做的羊肉炖白菜，吃的竟忘记了时间，大有"三五知己，一壶老酒。夕阳西下，迟迟不归"的意境，看着母亲脸上溢满幸福善良的笑容，好知足，好亲切难忘。

文静走时，母亲特意拿出她前几年缝制的一直不舍得用的一床棉被和她精心腌制的一罐西瓜酱执意相送。夕阳里，直到文静开着车子走出我们家胡同口好远，母亲还乐呵呵的不停地挥着手。

幸福就是这么简单，亲情因白菜相融的美好温馨，这个有爱的冬天不会冷。

－ 母亲的菜园 －

为民

　　母亲是个勤快善良的人，一生喜欢种菜，更是个种菜的好手。随着居住地的搬迁，母亲经营过3个并不大的菜园，种了20多年的菜。

　　冬去春来，母亲精心料理的菜园不仅生长着很多瓜果蔬菜，为一家人的餐桌带来赏心悦目的惊喜，丰富了我们成长汲取的营养，更是连着母亲和儿女间满满的牵挂和疼爱。

　　虽说早已在异地城市成家立业，也有了丰衣足食的生活，可不知为什么，千丝万缕萦绕于怀的情愫不时涌上心头，总是想起故乡母亲的菜园。

　　母亲第一个菜园是10年前在故乡的农村老家。

　　那时候家里的院子占地半亩。靠东边的三分地是新翻修的房子，西边二分地被父母用砖墙围起来修整成菜园，为了便于母亲种菜劳作，父亲还特意把旧房子拆除下的门安在了菜园的墙上。

　　到了春天，母亲用铁锹把土翻松，把土块打碎整理出几块大小不一的菜畦。随着季节的变换，栽培时令果蔬的种子。一般是在菜畦里种上黄瓜、茄子、辣椒、西红柿、生菜、韭菜等家常菜。然后，又会在菜园靠墙的四周分段种上豆角、南瓜、丝瓜、冬瓜等。

母亲像疼爱儿女般精心呵护着她的菜园，每当傍晚时分，夕阳里，总能看到母亲提水浇园，在母亲勤劳双手的劳作下，过不了多久菜园里已是生机盎然，慢慢就会结出丰盈的果实。一架架，一排排，一畦畦葱茏的蔬菜，有青绿的韭菜，红红的南瓜，顶花带刺的黄瓜等等，万紫千红的景象夹杂着蔬菜淡淡的清香，诱人食欲，沁人心脾。

平时，菜园的门总是开着的，谁家来了亲戚朋友啥的，来不及赶集，缺了菜，不管母亲在不在家，都会不客气的到母亲的菜园里摘菜应急用。收获的季节，母亲除留够自家吃的，会把其余的瓜果蔬菜分送给四周邻居和亲朋好友。

因为母亲种的菜从不施化肥、农药，让我们家一年四季的餐桌上都有天然的绿色环保新鲜蔬菜食用，春天的韭菜，菠菜，蒜苗；夏天的茄子，辣椒，西红柿，黄瓜；秋天的南瓜，冬瓜；冬天的雪里蕻，白菜，萝卜。特别是，母亲知道我爱吃辣椒，每年都会把一个个红辣椒摘下，用线串起来，一串串挂在太阳底下晒，晒干放好，送给我冬日里做菜吃。

母亲的第二个菜园是 10 年后搬到县城居住，在对门一个亲戚家闲置的宅基地上建起来的。

2005 年，已有房子的大姐，在县城宅基地上新盖一处院落，为了方便照应老人，和我商量同意后，说服已年过 60 的父母搬过去住。开始母亲十分不愿搬迁，舍不得她经营了 10 年的菜园，为此母亲心情不悦。为了满足母亲的心愿，父母搬来的前几天，在征得大姐亲戚的同意后，我们经过两天紧张的规划和施工，在大姐亲戚家的三分宅基地建造了一个菜园。菜园就在路边，四周垒起 2 尺高砖墙，还特意做了一个篱笆门。

父母搬来县城的当天，我们特意带母亲参观了为她搭建的菜园，看到比老家还大的菜园，母亲很高兴，按着宅基地凹凸不平的地形，开心的母亲竟指指点点规划了好半天。

这个菜园，母亲一打理又是 10 年。和以往一样，母亲又恢复了往日有菜园时的饱满鲜活的生活，每日里不停忙碌着。随着母亲辛勤的付出，顶花的黄瓜、翠绿色的芸豆、紫色的茄子、清香的小葱、嫩绿韭菜、鲜红的辣椒、硕大的冬瓜和白菜萝卜摆满了厨房。

母亲说："生瓜梨枣，谁见谁咬。"平时不仅左邻右舍可随意采摘，就连陌生人路过，母亲也会热情礼让，采摘她种的新鲜黄瓜止渴。至于儿女们，每次回去看望父母，母亲更是亲手采摘最好的蔬菜塞满车厢。

弹指间，一晃又 10 年。去年母亲菜园里的第一茬黄瓜、茄子、豆角等蔬菜刚开始上餐桌，葫芦、冬瓜、柿子才蓄力生长尚未收获的时候，大姐的亲戚说要建房了，并且很急，第二天一早来车运土垫地基。望着侍弄了 10 年的三分菜园，母亲含泪和父亲连夜清理了菜园，只留了一把小葱栽在了一个废旧的花盆里。

母亲再一次失去了菜园。

岁月沧桑，流水无情。望着已 72 岁高龄的母亲，我不知道如何安慰她，从她一夜间似乎老了许多的脸上和黯淡的眼神里，我能读懂母亲的无奈和忧伤。

父母现住的房子，是个带半层阁楼的房子，除了阁楼部分，还有一个约 60 平方的露台，原设计是为了晾晒衣物和种些花草的。能不能让母亲在露台上种些时令蔬菜？电视上不是报道过有人在楼顶种菜吗？

灵机一动，我立即着手收集家里现有各种旧花盆、塑料桶、泡沫箱，又在花草市场买回 30 个较大的塑料花盆，加上和经营海鲜的朋友要了十几个装海鲜的泡沫箱，按照回字形在露台上整整摆了两圈，又请了几个要好的朋友，花了一天时间，将土和肥料拌匀填满。为方便在这些盆盆箱箱里种菜，还特意给母亲买了种花草使用的小锹、小铲等工具。

一切妥当，等着母亲验收。母亲看了这个菜园，脸上溢满幸福，乐呵呵地说："我这个菜园子不在地上，在天上，种出的蔬菜算不算是太空菜呀！"

母亲在这些泡沫箱、塑料桶、花盆组成的空中"小菜园"种上了茄子、西红柿、辣椒、韭菜、小葱、大蒜……绿油油、红彤彤、嫩嫩的，四季时令蔬菜一茬接一茬。她早晚浇水、除草、收获，融于心，乐在其中，成为了一道独特的风景。

有了活儿不闲着，母亲便有了寄托，忙着乐着，也就有了成就感，身体也愈加健康。

母子连心，还有啥比母亲的幸福安康更重要呢！我只愿，让这种幸福更长久。

－ 母亲的差事 －

劳夫

1972 年母亲千恳万求，总算谋到了一个在学校烧茶炉的差事，每月 28 块钱工资，母亲欢喜得眉开眼笑。

母亲为干这个活，求了不少人。当时站区成立家属五七连，单位给找点活，解决各个家庭的生活困难。但是我们家由于出身不好，父亲又有历史问题。母亲恳求了多次，都以各种理由卡住了。最后陈妈妈说，送点礼吧。母亲买了两包桃酥，陈妈妈送给管事人，才谋到了这个差事。

母亲的工作，是给学生烧开水。早晨上课前半个小时就要烧开。中间下课，要有开水。如果做不好，随时可以解雇。

当年烧水没有煤炭，都是用劈柴。夏天还好些，天亮得早，水也不太凉。到了冬天就难熬了，母亲 4 点多起来，天漆黑漆黑的，寒风迎面刮过来，刺得脸上生疼生疼的。

母亲先用细柴把火生起来。然后，再把易燃的黄腊木柴架上去。由于我们学校在一个山坡上，校内没有自来水。都是母亲白天一担一担挑满水缸，冬天早晨先要把缸里的冰砸碎，再把缸水舀到桶里，站在凳子上，把桶里的水倒进茶炉里。上满一茶炉水，母亲往往累得满头大汗。我当时年龄小，只能帮着母亲，把缸里的水舀到桶里。

1971年后，大家觉得应该抓一下教学质量，实行了闭卷考试。我上学10年只有这一年是闭卷考试的。其他时间都是开卷，就是自己抄书。上面说：抄一遍也是学习。后来由于出了批判世道尊严的黄帅，有了考试交白卷的张铁生。这段时间就被定性为资产阶级教育路线回潮，闭卷考试也就取消了。我就是在回潮的这一段时间里，考试前跟母亲一起去学校背书，才体会到了母亲打工的辛苦。

水上满了，母亲往炉膛里添些劈柴。炉火一闪一闪地映在母亲脸上。母亲把炉门沿用抹布抹净，将带来的玉米面馍摆好，炉火将一边烤得焦黄了。母亲剥下来，用嘴吹着，两个手来回倒着捧到我面前说：趁热，快吃。说完，又将馍另一边调过去继续烤。在那段日子里我天天吃的都是烤得焦黄焦黄的玉米面馍。

母亲没有读过书，但对读书人敬重。母亲嫁给父亲，应该和父亲是个读书人有关吧。昏黄的灯光下，我们母子二人，她烧水，我看书，笑意漾在脸上，这是母亲最开心的时刻。

当年烧茶炉用的是劈柴。劈柴烧火，火封不住，天天要生。冬天水冰灶凉，烧起来费时间。母亲只得早早赶到学校点火烧水。当时买来的都是四五尺长的劈柴，要锯成一尺来长的一段一段的，才可以投进炉膛里。而锯柴却是一个苦活。

男人锯柴都是把劈柴放在条凳上。用左脚踩着，左手摁着，右手拉锯，这样快，但要有劲。母亲身子瘦弱，只能把锯子放到地上，用脚踩住，双手握着劈柴。佝偻着身子上下拉动，十分吃力。当年母亲一天要锯二三百斤劈柴，很辛苦。

起初锯劈柴在门口，母亲汗流浃背，头发粘在脸上，别人说帮忙，母亲不让。父亲要干，母亲看看父亲说，你是教师，这哪里是你干的活。后来母亲就把柴禾抱到茶炉间，关上门来锯。夏天茶炉间里又闷又热。汗把母亲的衣服都湿透了。我问母亲，外边凉快为啥要在屋里？母亲摸摸我的头说：我灰头土脸的样子，让人看见了多不好，再说，别人要帮忙，老不让，显得咱不通情理。孩子，记住，只要是自己的活，再苦再累，都得自己去干！

劈柴有黄腊木，有青冈木。黄腊木好锯，但不耐烧，青冈木耐烧，却不好锯。过段时间锯子就锈的锯不动了。母亲把锯拿到学校木工那里。请他们用钢锉给磨一磨，磨了两次。母亲说太给别人添麻烦了。一天放学了，我听见茶炉房里有嘶啦嘶啦的磨锯声。推门一看只见母亲自己买了一把三棱钢锉，坐在凳子上在磨锯，我惊异地看着母亲问，你啥时学的？母亲笑笑说：看着学的呗。后来母亲磨锯的手艺很精熟了，一天一磨，又快又好，锯柴就省了不少气力。写到这里，我又想起母亲60多岁了，才学识字，后来竟然能看医书。这段故事我记下来，以《母亲识字》在《西安晚报》上发表了。反映挺好，武汉的一家杂志还转载了。

学校开运动会，天气热，用水量大，劈柴用的也多。那天干活一急，锯齿跳出来，把母亲手指锯了一道口子，血滴滴啦啦洒在柴禾上。母亲用纸包住，我急得直哭，赶到卫生所，血把纸都浸透了，缝了5针。由于没有休息，伤口就没有长好，渗了很长时间的血。最后伤口处隆起了一条肉楞，像是多了一个指节。

月底，母亲用还渗着血的手接过28块工钱。我猛然间明白了，什么是血汗钱。这使我一辈子在生活上都不敢奢费。

母亲烧开水，除了学生，就是接触一些卖劈柴的农民。这些人都住在二道坡和大黄沟，早晨麻麻亮起身，背100多斤柴禾，走二三十里的山路，送到学校。总务主任过称付钱，母亲安排他们把柴禾搬到茶炉房里。一般一个农民都要背一百五六十斤，力气大的还能背到小200斤，当时100斤劈柴1块钱，1分钱1斤。2月份开学，正是卖柴的好时节。一来地里还没有多少活，二来这时树没长叶子，砍起来方便，背起来也轻松些。

农民愿意把柴禾卖给学校，毕竟是公家，不会在斤两上计较。另外母亲备了一个洋瓷碗一双筷子。里外用开水烫洗干净。他们卖了柴，就用这副碗筷，接点开水泡泡自带的干馍吃。母亲有时候还会给他们一点咸菜。也就是自家地里自种自腌的一点萝卜干，农民就感激的不得了。

那天，卖柴的老吴，背了一架柴禾送到学校。总务主任嫌湿，不要，老吴急得直搓手。母亲过去替老吴求情说，他柴刚实，耐烧，柴湿在斤两上减2斤算了，天晚了，他再背到别的地方，也不一定卖得掉。总务主任听了母亲的话，收了，老吴感激地看着母亲，嘴唇哆哆嗦嗦地却说不出话。

过了几天，老吴背着劈柴，领着一个十二三岁的孩子。孩子胳膊用绳子吊起，说是摔断了。早前我家邻居会接骨，母亲边看边学，也就懂了一些。我们小时候磕磕碰碰，脱臼了。母亲都能够给对上。母亲问老吴的孩子胳膊并没肿，感到不是骨折，可能是脱臼了。就说我来给看看。老吴说成。母亲把他胳膊衣服脱下。慢慢地摸一摸，确定脱臼后。就用手轻轻地抚摸，说话间一拉一送，孩子大叫一声，胳膊就给对上了，当时就不疼了。母亲又用了一点松节油揉揉，孩子的胳膊就能活动了。老吴感激母亲，一定要把刚才卖柴钱给母亲。母亲坚决不要，老吴一定要给。母亲急了：你再这样，我把孩子的胳膊再给拉下来。老吴赶紧让孩子给母亲磕头。被母亲一把拉起来。老吴没有什么感激的，就把当天他卖的柴禾用锯子锯完，才回去。

从此我们两家，就像亲戚一样，有了来往。山里的核桃、五味子下来了，老吴都会摘上一些，让孩子送过来。母亲也会在逢年过节，让我们把二姐从汉中买回来的大米，给他们送些过去。

母亲水烧得好，学校上上下下都满意。学校领导就让母亲去管学生宿舍。父亲坚决不同意，说，你性子急，只想把事情做好。现在烧水，自己勤快些就行了，管学生那可不是那回事。家有三斗粮，不当孩子王。你一个家属工，要管几百个学生。非让孩子们气着不可。母亲说，领导说现在学生宿舍里，天天打闹，不睡觉，有的还一夜一夜不回来，你不是回家也常抱怨吗？宿舍管不好，出了事情，你们这当老师的对得起人家家长？！我就不相信，能管好自己的孩子，就管不好别人的孩子。父亲看母亲一脸决然，也只好无奈地摇摇头。

母亲一生好强，自从管了学生宿舍。天天早出晚归，掀被子打屁股，喊学生起床吃早饭，晚点人数头，学生熄灯睡觉……一天到晚拎个笤帚，孩子们听话，她帮着打扫卫生。孩子们不听话，用笤帚打屁股。根本不是管学生，完全是在管自家的孩子。我的妻子就是母亲当年管宿舍时的学生。前两天还说起，她们班上宝花同学病了，母亲在家下好挂面，还卧了两个荷包蛋，上边飘着香油葱花。这可是上世纪70年代呀！她们当时看着眼馋死了，心想，得病真好。那年他们班同学聚会，说起这件事都感慨的很。当年都嫌母亲管得严，现在想想，管学生宿舍母亲是天底下最好的。他们让妻回家好好感谢一下母亲。妻半天没说话，叹息了一声，同学们突然意识到，母亲已经走了。宝花给母亲敬了一杯酒，放在桌子中间，大家一下子都静了下来……

04

那些浸着花香的光阴

－ 有露沾衣 －

曹林燕

窗台暄气日渐消淡，因为下过一场又一场的绵雨。

开始掏心掏肺地喜欢上这秋。

《诗经》里关于"嘤嘤草虫深"的情景可以天天遇到，不但虫鸣欢悦，草木也会继续做着最后的纠缠。只是秋时会常生了薄雾，早上行走野外，衣角不免地要留着晨露的湿气。

有露沾衣，这是另一种意趣。

节气一步一步地往深处走，树叶一片一片地有了寒意，丛间草尖有了露珠，许是秋天遗落的句点吧，人在哑摸光阴的过程中，有了些许的诗意和细碎感。

脚底生了湿滑，路面潮潮的，走路的时候常常要小心。小树林里或是林荫道上，一场秋雨过后，泥土里夹杂些草木的味道，湿湿的，在雾中弥散。蚯蚓从地下钻出来，吐了一堆又一堆卷心菜样的小泥花，引来蚂蚁好奇地过来凑趣。蜗牛藏得很隐蔽，也许是怕打扰了每一个造访野外的过客，不过你若细心观察，还是会在树丛的某一处簇叶下发现它们。

一切会在晨雾里朦胧起来，太阳出来的时候，雾气渐渐散去，鸟声接替了虫喉，露珠仍挂在草尖，明亮而晶莹。闲散的时候，忽然停下脚步，伸出手向路边的草丛轻轻一拨，露珠儿便一颗一颗地滑落，指尖凉凉的，不知不觉中，衣袖沾湿，鞋面也打湿了。

这时脑海里会想起陶公的诗句来："道狭草木长，夕露沾我衣。"大概他在南山耕种的时候，常会晨兴暮归，夜里带月荷锄，冷露沾衣，却田园乐趣，自然随性。

文人多为性情之人，喜欢用"露"作趣，要么行文诗意，要么采露烹茶，将露水视为天地凝结之灵气，奉若津液神物。古有"茅舍竹篱，饮露侍茶。与山为邻，以水作友"之山野情趣。

我只是俗人。

只记得小时也喜欢收集露水，不过是小孩子家玩耍而已。去荷塘边采一片大的荷叶，把树叶草尖上的露珠儿聚些，然后滚成一颗大的水珠儿，左右倾斜嬉玩，直到荷叶破碎才尽兴！

亦忆得小时随父亲到田间秋种的画面：早晨雾笼，露水浓湿，父亲赶着耕牛，扛了犁铧，一边吆喝着一边赶往地头。他一路会不停地叮咛我小心路滑。我背了种子远远地跟在后面，看见父亲的裤腿全让露水打湿了，他似乎一点都不曾觉察，只是一味地赶路。

那时，我并不知父亲的辛苦，也不懂劳作的忙碌，一路用小手向两边的草叶拍打，兴致高时，会从树枝上折下一根来，边走边玩，一枝下去，露珠儿会"唰唰"地滚落下来，像一个个顽皮的小精灵。

玩得手困了，发现前面看不见父亲的背影了，赶紧丢下手中的树枝，一路小跑地追着，忽然脚下一滑，跌倒了！爬起来时，满身的衣服都湿了，屁股疼得厉害，就哭叫起来……

　　父亲扛着犁铧又返回来，到了跟前问一声："还疼不？"我心虚，直摇头，他便从我肩上拿了种子袋，说着："好了，小心点！"就头也不回地走了。

　　母亲来田间送肥料的时候，会安慰我一番，她会叮嘱我乖乖地在一边玩，别再弄露水，衣服要沾湿了，会闹肚子的。

　　在太阳出来的时候，整个早晨都是十分美好的！

　　父亲在田间一边耕作一边挥鞭吆喝着，母亲则跟在父亲身后很熟练地顺着麦种，他们辛勤耕作的劳动场面很是和谐温馨！我常常一个人站在地头，望着他们被晨曦沐染的背影，感动地傻傻地笑。

　　于是也想"劳动"，跑到小树林里摘树叶，准备回去喂小兔，衣服又弄湿了，连头发也被打湿了！

　　那时，树下会有许多不知名的虫儿跑来跑去。蛐蛐也会叫几声的，我便寻了声音去草丛里找，翻来拨去的，全成了个湿人了！

　　父亲在歇息的片刻将唤我出小树林，他说要捉蛐蛐，最好在没有树木掩盖的大片草丛里找。母亲指着地垄那边的一片荒草地说："那边会有的，听，还不少呢！"

　　父亲轻手轻脚地走过去，循了声音，弯下腰，屏住呼吸，神情十分专注。忽然猛地向前一扑，捉住一只蛐蛐，父亲像孩子一样地高兴地叫着："快看，这家伙肥得很！"他用细草牢牢地系住虫儿的后腿，送给我玩耍。我兴奋地拨弄着那只肥大的蛐蛐，让它在露珠上触碰，看它惊慌不安的样子，觉得开心极了！

　　父亲坐在地头抽烟，眼睛望着远方，不知道在想什么？母亲呢，静静地看着我，微笑着……

　　草丛里虫鸣声声，草尖树叶上，晨露星闪，南山嵯峨，红叶浸染，农人的劳碌为秋天打下了一片迷人的江山。

多年之后，我常常会梦见儿时的事，梦见父亲在山坡给牛割草，露水打湿了他的衣角与裤管；梦见母亲在园子里收菜，白露寒霜打湿了她的鞋面……我常常也会泪眼模糊了。

陶渊明隐居南山，为了逃避现实；我父母面居南山，为了生存糊口。他们都在辛勤劳作，"有露沾衣"的意义却为不同！

我想拢起所有与秋天有关的词语，包括晨露夕照，包括月明清辉、虫鸣鸟唱，甚至一切美好而辛酸的回忆……

尽管"露珠"是文人情怀笔下的一种心趣，我仍想将它敬为一种怀念，一种心的庭院与劳作。

有露沾衣，喓喓虫鸣，只忆儿时草木深……

- 老屋 -

曹林燕

旧的瓦片之间，领养了几株杂草，似在轻轻地诉说着老屋的斑驳与沧桑。

母亲就坐在檐下的门墩上，静静地望着远方。浑浊的眼睛里看不清什么，它只是一份老屋的牵挂和思念。所谓远方，或者是我，或者是姐姐，或者是弟弟，我们都是老屋的亲人。

父亲走的时候，老屋连个像样的围墙都没有。后来哥哥加了个围墙，只不过是一个还算体面的后院，用砖砌的。

早年，老屋的后院只有一道低矮的土墙，墙头长满了马唐、香附子或者虎尾、牛筋之类的杂草，上面随便压些荆条或者枣树枝，旁边用石头围护着，人上厕所能遮挡住就行了。

后院原来养了头母猪，栽了两棵椿树。农村实行土地承包责任制后，我们卖了那头老母猪，把后院重新修整一番，母亲便开始种菜了，辣椒、芫荽、青菜、豆角、西红柿、黄瓜之类的她都种。

父亲去世后，哥哥砍了后院的椿树，加了砖护的围墙，母亲又种了南瓜和大蒜，还栽了很多葱。

我们姊妹四人经常回乡间团聚，每逢果蔬盛季，母亲必会从后院摘好多的黄瓜、西红柿，洗干净了给我们吃。她给我们做小时候我们爱吃的南瓜洋芋盖饼饭、豆角熬茄子、西红柿炒青菜、黄瓜拌蒜、葱花饼、辣椒炒鸡蛋、香菜洋葱拌木耳……馋得我们姊妹都不想离开老屋了！

那时，母亲眼里已经没了父亲离世的忧伤和寂寞，她开心的脸上笑成了菊花，幸福极了！

我们恋恋不舍地要出远门了，母亲大包小包地装菜，装土产，直到我们像搬家一样她才满意！

哥哥病逝的那一年，母亲一句话也不说，只是天天地哭，直到哭坏了眼睛，有一度什么都看不见了！

老屋的后院曾荒废了好多年……

后来，母亲不哭了，她又开始种菜，并在后院养了很多的花：月季、蜀葵、太阳花、鸡冠花、凤仙花、牵牛花、向日葵，还有百合、雏菊、兰花……只要能采来种子，她什么都种，把院子种得满满的！

她常常站在老屋门前眼巴巴地盼望着，等不到我们，她便坐在檐下的石墩上一个人静静发呆，直到黄昏漫来，黑夜包裹了她。

她把门前扫了又扫，把檐下的柴垛整了又整；她把屋里的水缸蓄得满满的，把地上的小板凳擦得干干净净。她总是一遍又一遍地浇着后院的蔬菜与花木，生怕它们长得不旺盛似的！

母亲孤零零地守候着老屋，老屋默默地陪伴着岁月，一年又一年，她不愿离开它，她不愿离开乡间，她更不愿离开那片炙热的土地。

门前的树叶绿了又黄，黄了又绿；后院的蔬菜、花木青了又枯，枯了又青，老屋在风雨飘摇中越来越沧桑，越来越沉寂了……

母亲也老了，白发染了一茬又一茬。她的个头越来越小，矮得像个小孩！

老屋的炊烟始终陪伴着她度了一季又一季。她干脆把门前的空地也种了菜，栽了花。甜水"汩汩"地流着，虫鸣"啾啾"地唱着，那片深情的土地养活了老屋，老屋的烟火生活又深情地养育着我们。

我们回来了，老屋收拾地干干净净的。它的主人眼睛笑成了一条线，兴奋地抓着我们的手，摸摸这个，又摸摸那个，激动地浑身在颤抖！

我想那时我们的眼里也都一定模糊了！母亲那双又黑又瘦、布满斑点的手不停地在眼前晃动，她慌乱地忙碌着，忽然一下子变得不知所措！

她进屋拿矮凳出来，又放回去；把我们拉进屋子坐下，拧开热水壶的盖，又没倒水，从案板上拿了个干净的塑料盆，打开后院门，去摘黄瓜和西红柿了……

她给我们蒸了凉皮，做了煎饼，又打了面鱼儿；她盛了一碗又一碗，她喊了邻居与我们一块吃。

她高兴地逗着邻家的狗儿，和村里来串门的婆婆婶婶们开着玩笑，说着调皮话。她开始孩子般地快乐起来：一会儿打开收音机学着唱秦腔，一会儿搬个小方桌、戴上老花镜在纸剪的鞋样上画牡丹。她在老屋出出进进的，脚步忽然间变得很轻快，人也仿佛年轻了十几岁！

我们要回各自的小家了，母亲一个一个地叮咛着，大包小包的又像搬家似的一个劲地给里面塞吃的。她送了一程又一程，从屋内到屋外，从门口到村头，从村头到公路上……她不停地招手，不停地叮嘱，直到儿女走远，背影模糊……

春去秋来，母亲年复一日地守护着老屋，守护着老屋的烟火、土坑、荆楼、水缸、面瓮、木柜、旧门扇；她守护着门前的大树、流水、菜地、花篱；守护着后院的蔬菜、花木；守护着砖砌的旧围墙和老屋脱了皮的土山墙；她与老屋、与乡间、与土地，生死不离，血脉不分了！

多少年来，无论我们姊妹在外奔波多么地艰辛，无论生活多么地劳碌，我们的心中始终都藏着一个梦，藏着一份烟火的温暖。

无论我飞得多远，我仍固执地将老屋，定义为一片深情的家园。

－ 巷弄长长 －

曹林燕

我许多次在梦中遇到它了，那么熟悉又似乎是那么的陌生。长长的巷弄，曾经安静地躺在我的记忆深处，苔痕斑染的青砖路面，弯弯曲曲地向远处延伸着……望不见它的弄口，只有高低不一的檐牙在两旁此伏彼现，巷弄宛如一段跌入岁月深处的旧时光，踩着我童年的快乐津津地来了。

隐隐听见阿婆的轻唤声，我飞也似的跑向那个爬满了木槿篱的矮墙外，伸手接过从里面递出来的几颗糖果，开心地道着谢意。阿婆脸上带着慈祥的微笑，那只被烟熏得涂黑而干瘦如柴的老手在晨光散下的墙头不停地晃着："去吧，去吧……"

阿公挑着他的担子要穿巷卖老糖了，我远远地站着，他回头看见我，便放下担子，用他那把精致的小凿刀熟练地打下一小块黄亮的老糖来，乐呵呵地递给我，然后头也不回地走进深弄。

巷口吴记家的烂牛肉铺子像往常一样早早地开张了，老板和伙计们都忙得不亦乐乎。每天来这里的人很多，十里八乡的庄稼汉们都知道这家的牛肉好吃：便宜，量足，味香，实在！

玉芳婶婶必是又胡乱地松挽着乌黑的发髻，一边吆喝着儿子们："起来了，起来了！"一边也挤到铺前买牛肉。她大概是经常吃牛肉吃的了，人长得非常胖，身体也很结实！男人们见她来了，一般都会笑着给她让路，这并不是因为玉芳婶婶力气大，实在是她家的甩饼打得好，吃烂牛肉的时候就着热甩饼是非常上口的！

我从小不爱吃牛肉，却喜欢静静地看着他们吃。玉芳婶婶那雷公般的大嗓门和那张肥脸堆起的笑容实在是滑稽可爱！她和那些粗鲁的男人们肆意地开着这样那样的玩笑，然后是大家"哈哈哈"地笑起来……我不知道他们这些人为什么那么地开心，只是看着他们的样子，自己也觉得很开心！

巷弄里要真正热闹起来的时候，必是要等到各家的铺子都开了门，各摊的小贩都铺了点。那时，茶壶里的水才会不断地添，茶叶也会不断地换；那些陈封的老酒才会整坛整坛地搬出来……女人们的嬉笑多了，孩子们的喊叫声也大了……

等到太阳悄悄地收了笑脸，巷子里才渐渐地安静下来。

记忆中的巷弄是悠长悠长的，它和两边那些陈旧的房屋店铺同弯同曲，日复一日，年复一年，在风雨的洗礼中默默地经受着岁月的打磨：朱漆褪色，门柱斑驳，残破的墙裙，写满了时光的履痕。这里的人家习惯了日出而作，日落而息，几乎没有什么夜生活，只有那三四家小小的理发店中偶尔会在夜色里依稀亮着灯光，放些轻快好听的音乐，或者巷子里有时还能隐隐听见那些正在热恋中的少男少女们的窃窃私语声。

小时候，巷弄的每个角落都是美丽的，连那脚下的砖缝里都会跳跃着快乐！那个爬满藤萝，挂满丝瓜的马婆婆的小庭院；那个古香古色的老茶馆；那个木门透着酱色的旧书摊，还有巷尾那个高大的戏台子……它们都是我欢跃的小舞台，我的童年的许多光阴便在无穷无尽的好奇中忭舞起来。

我始终看不明白：那些精明的巷弄人，为什么会在自己的摊板上，用一只油腻发光的手不停地翻抓着荞面饸饹；那些腰间系着白围裙，面带笑容的摊地理发师们，为什么偏要在架子上架一个冒着热气的铜盆呢，还有那个胡子花白样子可爱的卖鸡蛋醪糟的老人，为什么非要做一个泥坯的土炉子，然后那么费劲地用手拉着风箱呢……我的母亲似乎没有空闲来回答我这么多这样那样的问题，她常常被那台"吱呦吱呦"响个不停的老织布机子给拴住了……

于是我便和许多的孩子们一样，天天盼望着那个收破烂的外乡人来，只要他手中的拨浪鼓在巷子里摇起来，这里便会马上热闹起来！我们会从各自的家中翻箱倒柜，找来一些破烂儿，围着他的货架子跟他换东西。

收破烂的货架上挂满了各种各样新鲜的玩意儿：彩色的流苏，精致的手链，漂亮的头饰，好看的玩具手枪，还有各种颜色的针线荷包……我们各自换了自己喜欢的东西后，还会向外乡人讨些糖果吃，他是从不吝啬的！当然，女人们也会常来换些针线什么的。收破烂的外乡人成了我们巷弄里的熟客，到了晌午开饭的时候，他随便在哪家吃顿饭都是很寻常的事儿！

在那时，巷弄的角落里到处是欢乐，墙根下有虫鸣，屋檐下有歌声；青砖的路面永远是湿漉漉的，阳光透过树叶的间隙，洒下极其细碎的光影。巷弄深深又长长，厚重的、幽静的、沧桑的、落寞的、忧伤的、热闹的、欢快的、遥远的……只留下岁月深情的倾诉。

于是，我常常这样理解我童年的幸福：它一直是一条长长的有着韧劲的巷弄，砖缝间有着新苔旧藓的狭长街道，住着燕雀一样安巢的人家，飞着蝴蝶一样美丽的故事。天空，屋檐，藤萝，矮墙，还有那汩汩的流水。

故乡的巷弄，我只有在梦中去邂逅那些温暖的记忆了。

－ 掏山绿 －

李恒

山西的绿很大，如大山那么大；山西的绿很高，有高原那么高。这展沿的大，从东向西，有如数条跃动的龙脊起伏横亘；这斜天的高，从北向南，是丛丛隆峭的甲胄巍宏坚峻。

山西的绿，如翡翠，不仅为太行山黄河水所拢，还有着万载黄土的仁厚，以及深藏宝藏的凝重。

山西有绿的辉煌和光荣，也有对绿的剥夺和索求。而山西以及山西的绿是一种荒芜中的再生，刀剜后的愈合，是一种无私是一段希望。

山西的绿写在 6 月，有一场晋南夏麦的把熟，演一出塞北努出的茂盛，从太行山到吕梁山，山山相连山山相眺，河川纵横间将血脉相连，一旦流动起来，绿就会被带到两岸带到谷底带到山脚、山腰、崖头边。

6 月的山西，绿就像久伏了的战士，从荒土中一跃而出，紧紧抓起这片黄土地，向天而扬，山雀般飞遍高原里的沟沟壑壑，曲弯错落。

目极所致，蓬蓬的馒头柳、青壮的槐榆、傲风的白杨扎立出绿的纱帐，桃李芬芳果枣飘香，纷纷卸下万花的绚烂，以绿标注出山的孤旷，卷写下僻壤的顽强。

6 月里还少不了一夜一夜地厚云，由南边翻滚着奔突而来，拥抱着山地山顶，像个哭闹的孩子扑向高高隆起的山头，纵情吸吮着大地母亲的乳汁。大地之母敞开她的丰腴和柔爱，用高山作乳房，坦开绿的胸怀把云喂养。隆隆声中云孩子哭了喊了累了笑了走了。大地又恢复了往日的寂静，绿便化身一袭青衣，轻轻地给母亲合上衣襟。

山西的绿是山的绿，太阳的绿，深藏的绿，是从山体里掏出的绿。绿在路边的是树，绿在田里的是粮，绿在坡上的是一丛丛荆棘岩草，绿在崖上的是寒柏拼劲攀出的命，绿在心中的是煤。

一年一季落花开，千载数度掩绿埋。山西的绿怀藏着深深的远古，层层叠叠浓团在地下，无声的大爱恩泽着后世。千万个挖煤的山口子伸进数不尽的钻头和数不清的钢锹，掏出了万千金银的沉和碾盘苦磨的硬，是墨玉是真绿。当绿再次与日月同辉时，她已化身去尽铅华的谦逊，在燃烧中奉出最后的轮回。

－ 河之洲上的《关雎》－

徐志锋

　　与生俱来就喜欢河流，喜欢河里游动的鱼虾，喜欢河边茂盛的水草，更喜欢躺在湖心岛上看云去云来的悠闲与洒脱。后来看到了《诗经》知道了《关雎》，并且得知其生发地就在我们洛阳，更勾起了我求索的兴趣，常常无端地伫立黄河岸边，在水草丛里，在小洲之上，寻找那梦一样的诗韵，寻找那诗一样的女子。

　　在两千多年前的那个早晨，或许就是在我的脚下，在这片泛着青色的春光和宁静中，关关雎鸠嬉戏于水草丰美的河之洲上，轻雾氤氲，鸟鸣声声，如诗如画。仅是这样的风景就足以令伫立的君子赏心悦目，诗兴大发，更别说还有采荇的女子，裙裾飘飘，长发低垂，纤纤素手上下翻飞，正一把把拨开青葱的荇叶，采摘着雪白的荇茎。那怦然心动的君子早已深深陶醉，久久地伫立在那里，和采荇女一起定格成为一幅千年风景，吟诵成一首经典古诗。

　　《关雎》中描写的"河之洲"，在那时的"周南"。周成王初年，由于成王年幼，由周公、召公辅政。周、召二人决定以陕州（今天三门峡市陕县一带）为界，分而治之。陕州以东由周公治理，陕州以西由召公治理。《诗经》中的"周南"指的就是周公治理的南部地区，也就是今天的洛阳地区。"河"即黄河，黄河虽然在今天的洛阳辖区流经新安、孟津、济源、偃师、巩义等5县市，从昔日地势平坦、野鸟聚集、民风淳厚等地域及环境情况来看，真正符合其特征的，当在今天小浪底库区的新安和孟津二地，而占库区三分之二以上的新安则更有可能是《关雎》的发源地。《山海经》记载："青要之山，实惟帝之密都。北望潭曲，是多驾鸟。"可见新安黄河，自古就是禽鸟的自然天堂，包括雎鸠在内的多达近百种禽鸟都曾流连于此。至于"窈窕淑女"采集的"荇菜"（又叫莕菜），现在依然可见。

《关雎》中所提到的那种叫作雎鸠的水鸟是名副其实的爱情鸟。传说这种鸟儿雌雄相爱，形影不离，情真意专，如果一只先死，另一只便忧伤不食，憔悴而死。绝不像如今的鸳鸯、鸂鶒之流，徒有"情鸟"之名，而无忠贞之实。

也许，《关雎》只是当时的少男少女们随口所吟，那鸟鸣，那河水，那女子，本无关联，只是时空的巧合，更与爱情无关。但正是这种无心和随意，这种自然天成，反倒更凸显出人性的本真，使这爱情的浅唱和关雎的和鸣真的有一种品质上的呼应，使这流淌千年的河流越来越生发出一种朦胧的意境，去撩拨着人们那敏感的心弦。让你能够真切地感到一个人情感的律动，让你真切地感到一种原始的美扑面而来。紧贴着这流不尽的河水，从远古至今，有多少鸣不绝的关雎和鸣，就有多少唱不完的爱情传奇。

是《关雎》吟咏出了河洛大地的第一首诗歌，也是《关雎》引领洛阳走向诗都的历史地位。2500年前，孔子坐着牛车从山东曲阜出发，千里迢迢"入周问礼"，相比也同时震撼于周南的民风和《关雎》中的那种若即若离、美轮美奂的情愫，才会把它作为《诗经》的开篇之作。后来，曹植也来到这里，稍加升华，便成了如梦如幻的《洛神赋》。再后来，"洛阳才子"贾谊，《二京赋》的作者张衡，"洛阳纸贵"的左思，以及"建安七子""竹林七贤""金谷二十四友"等等，无不常齐聚此地，为河洛大地、为中华文化留下了无数优秀诗篇。公元 744 年，李白和杜甫——这两位盛唐的文化巨人，握手洛阳，成就了一段历史佳话，连同后来的白居易，最终奠定了洛阳诗都的历史地位。

小浪底水库截流后，虽然原来诗意盎然的"河之洲"已沉入湖底，但千百个"河之洲"却应运而生，遍布岛屿的水草，此起彼伏的"关雎"，加上游艇画舫和穿着时尚的"窈窕淑女"，无不再现着《关雎》诗中所描摹的如诗如画的意境。

– 那片明净的月光 –

徐志锋

去年中秋节那天，月亮特别的明亮。说它特别，是因为自从搬到了县城，妻就常埋怨看不见月亮。一来整日里脚步匆匆，淹没了月夜散步的心情；二来空气污染严重，很多时候，偶尔见到的也只能是一个月亮的轮廓，模糊而且发暗发红。每每此时，总有一种若有所失的茫然。

趁着难得的小长假和难得的好心情，我决定今晚圆孩子一个盼望已久的梦——赏月。当然，这里所谓的赏月，其实老的掉牙，就是端一盆水坐在楼顶上静看水中的月亮，你可以在平静的水里看到月中的桂花树，以及树下一上一下春着米在等待女儿归来的老奶奶。——自己的童年就是这样度过的。

月亮升起来了，空气软软甜甜的，些微的凉，像在水里，清爽，自在。我抬头看着悬在半空中的月亮，乌青的天一片空旷，干净得让人寂寞。那月亮像一枚新剪的指甲贴在天上，微微的有些发红。远处，金黄的月光下，一栋栋楼房像一个个慈祥的老人，安详地坐在那里，脸上挂着平和而宁静的微笑。

少年的这个时候，我们总会先在明亮的月光下捉迷藏、玩枪战、比赛捉萤火虫，等到大人一声长吼："看月亮喽！"我们便飞也似的奔向豆垛边的脸盆或者瓷碗边，叽叽喳喳地议论着，在大人的指点下，尽情地欣赏着月中的美景，放飞一个个想象的翅膀。那月中的桂花树和树下的老奶奶我记得是清晰地看到过的……

月亮终于移进了脸盆里，仿佛一个大玉盘，在水的洗濯下更加光洁，更加明亮。

"爸，怎么看不见月中的桂花树和老奶奶呢？"儿子的问话把我的思绪从遥远的童年拉了回来。是啊，他们在哪里呀？我努力地在水中找寻着，除了一片迷蒙之外，却什么也找不到！是小城不能脱俗的空气污染吗？是加厚的镜片后越来越深的近视吗？还是那些美好的景象压根儿就不曾有过，只存在于美好的想象之中呢？我不得而知。

今晚的一切也许因此而变得毫无意义，我于是打算打道回府。乍一回头，发现儿子正从水中一次次地往外捧着什么。

"你在捧什么呢？"

"月光，"儿子高兴地叫道，"爸爸，你看它像不像一个聚宝盆呀，里面有捧不完的碎银子呢！"

那一刻，我突然明白了我缺的是什么——一颗干净的童心。在天真无瑕的孩子们的眼里，一切都是那么纯净，那么美好。在那湿润的空气里，我突然听到心里有什么被洗涤的声音。

－ 乡村中秋 －

魏孔玲

　　在这个世界上，土地给予人的最多。我们的口腹之欲，土地用一茬又一茬的菽麦稷粱承欢；我们的衣着之需，土地用一季又一季的棉麻蚕桑取悦；我们的安身之处，土地用一年又一年的竹林松园安顿……我们的基本生活之外，土地又以崇山峻岭、百草野趣，花间词鸟鸣涧慷慨解囊，一一熨烫起皱的灵魂。

　　土地最无私，农耕最辛劳。最懂土地的莫过于农夫。农夫是土地最贴心的知己，是土地最痴情的伴侣。一滴滴滚落的汗珠子，是农夫给土地的信物，一行行麦田稻秧，是农夫给土地的情诗。他们精心地侍弄土地，施肥除草，浇水捉虫……饱含深情地凝视一颗种子的萌芽、吐叶、拔节、抽穗……"黑黝黝的铁脊梁，汗珠子滚太阳"。农夫与日月同息的躬耕剪影，就是对土地最深沉最长情的告白。

　　土地也最解风情最懂知遇之恩。它崇尚开垦的勇气，悲悯劳作的艰辛。它让一切土地上的产物，无论有多惊艳多高贵，都须垂下高昂的头，向躬耕垄上的行者致敬膜拜。

农夫也最痴情最深沉。他们对这片默默无语的土地给予无限的信任和深情，也因此，他们塑造了和土地一样的性格——质朴、笃定，闲静少言，"不戚戚于贫贱，不汲汲于富贵"。

"文章从来憎达人。"农夫勤苦、实诚，不偷懒不耍滑，上天也最公道，它会不折不扣地酬劳勤奋。耕耘之余所就的诗也理所当然的最饱满、最真挚、最纯粹。翁卷的"绿遍山原白满川，子规声里雨如烟。乡村四月闲人少，才了桑蚕又插田"，范成大的"昼出耘田夜绩麻，村庄儿女各当家。童孙未解供耕织，也傍桑阴学种瓜"，辛弃疾的"明月别枝惊鹊，清风半夜鸣蝉。稻花香里说丰年，听取蛙声一片。七八个星天外，两三点雨山前……"这样的诗，有汗水的咸甜，有泥土的醇香，有清风的飘逸。我可以自信断言，没有乡村生活，没有农耕经历的人，是写不出如此精致耐读的诗词的。我始终坚信，最美的诗词，是泪花汗水泡出来的。

有位作家说，"劳动"这个伟大的词，只有农耕才配得上，现代语境下的种种工作与上班，都不应争夺与染指这份荣誉。我深以为然。因为只有沾过泥巴的农耕，才是最朴素，最尊贵，最值得敬仰的！没有它，我们就失去了赖以生存的基础，就失去了我们人类千百年来自恃的文明。

问君何为君？我们的先贤尊师孔子曰："君子道者三，我无能焉：仁者不忧，知者不惑，勇者不惧。"他所倡导的君子是内心的完善与人格的力量。而诗经《伐檀》里的君子却另有别解：

"不稼不穑，胡取禾三百廛兮？……不狩不猎，胡瞻尔庭有悬貆兮？……彼君子兮，不素餐兮！"

5000年前的《诗经》告诉我们，不事稼穑非君子，不劳而获非君子，四体不勤五谷不分的非君子。而与土地有着最亲密关系的农夫，才可与闪耀着圣人光辉的君子相匹配。

处在终端消费的我们，是否把尊崇的目光投向过他们？环顾城市一隅，极寒腊月，一个个简易滑轮小拖车旁，蜷缩着冻得来回踱步的乡亲，他们是来这个城市输送一年的辛劳所得。来消费它的人，或许十指不曾染尘，或许一辈子不懂攀爬之苦，只顾挑拣最艳最靓的硕果，随意放了钱，带着几许冷漠几多优越，妖娆而去。而更多时候，会有这样突兀的画面——城管的车呼啸而来，一刹那，农人如临大敌，城管的厉声断喝，野蛮追逐，让笨拙的农人面如筛糠，两股战战，几欲逃走……

我曾带着一个久居城市的学生去农村游玩，站在一树鲜果前，这个从没有过农村生活体验的孩子瞪圆了大眼，一声惊呼："苹果怎么在树上？！"

想到我的乡亲们面对城市管理者所呈现的那一张张惊恐的脸，想到那不止只有一声的让人痛心疾首的"苹果怎么在树上"的惊诧，我知道了在这个清明前后，我们该种点什么了。

那就种点尊重、信任与农耕的常识吧！让我们的管理者，对农耕，怀一颗敬畏之心，对那些土里谋生的农人多些体谅与尊重；让我们的孩子，多到庄稼地里走走，体验劳动的艰苦，识得五谷，懂点民情。

清明到了，布谷鸟催耕了——布谷！布谷！

- 乡村的灯光 -

郭筱英

　　你知道以前的时候，村里的灯光么？在你还没有意识到，暮色已深浓，灯光在零零星星亮起的时候，村子的上空中浮着淡淡的煤油味。

　　暮色是从屋子的每一个角落逐渐移过来的，一直到你觉得实在是相当的暗了，主妇们才用一支缠着棉花的筷子，小心地擦着那薄薄的煤油灯罩，再把灯盏里加上煤油，点起那如枣核形的灯光。蒙眬的煤油灯升腾起淡淡的青烟，照得墙壁上人影幢幢，那人影出奇的高大，摇晃的幅度又很奇特，给夜的来临增加了恐怖与神秘的气氛，觉得是另一个世界赶走了白天，人们说话与笑闹的声音也低了下来。主妇们围坐在一圈，或是纳着千层底布鞋，或缝补着孩子调皮时撕破的衣裳中，或是转着纺车，拉着长长的棉团，哼着小调，一时，纺车的嗡嗡声，针线穿透鞋底的吱吱声，构成了一部乡村特有的小曲。而孩子们则提着纸灯相约到一个朋友家里，围坐在炕上，或是在灯光下做手影游戏，变小兔、变老鹰……或是缠着大人讲鬼故事，看着墙上晃动的影子，偶尔，传来几声低低悠长的狗吠，夜又安静下来，更平添了几分恐惧，然而孩子们乐此不疲。

屋子里的灯光，从屋外看去，摇曳而昏黄，天迅速加浓加黑。

在没有电灯的时代，夜是靠月色或雪光来照明的。有月的晚上，可以多赶一程路，许多属于神秘的鬼怪传说，也大部分发生在有月有风的夜晚。那背景，月亮照着清寂的大地，没有灯光的干扰，月色那么洁白纯亮，一个人走在夜路上，周围是寂静的一片，仿佛整个世界只有你一个人，不免有一丝的胆怯，一丝的骄傲。不过，独行了几次夜路，也没有遇到一只白狐，演绎一段凄美的人狐之恋。

当你必须在无月又无雪的夜里外出的时候，就要打一盏灯，去照亮脚下的路，那时农村的路是土路，坑坑洼洼，还有调皮的小动物来吓唬你呢，走在路上，看着远远的零星的灯光那是你要到的目的地，就觉着夜格外的冷，白天看着很近的村庄是那么的远，偶尔听到几声狗吠，一切又归于平静，只有自己的脚步沙沙作响，运气不好的话，还会有一只或几只饥饿的流浪狗，跟着你，低低的、哑哑的吠叫，拿土块驱赶，也不济事，这个时候真想变成一只小鸟飞到要去的地方。

在没有电灯的时候，人们是比较会适应黑暗的。当熄灯后，闭上眼睛，却也看到无数个小小的、针尖一样的星点，使你觉得自己置身于另一个世界，无涯无际。我常常猜想，牛郎挑着的两个孩子会不会长大？他们该如何撕心裂肺地哭喊他们的妈妈……

童年时，多是随母亲住在农村老家，家的边上是一条清清的小河。晚上，灯影下，听着河水的响声，听着妈妈讲故事，看着星星入睡，这是现在的孩子所得不到的一种幸福吧！怀念，乡村的灯光，那是一个时代，一种念想。

－ 泰山长寿泉 －

刘长敏

（一）

一小步两小步三小步……已料到这长寿泉旁的三五个台阶今晚会结冰，已经够小心翼翼了，终究还是跌了个屁股落地，墩了个结结实实。好在是空桶在手，除了这桶并无大碍地闷号了一声，这冬至寒夜 10 点钟的静谧山谷，也只有身旁这似乎永不枯竭的长寿之水在呼啦噼啪地喘个不停。

索性耍赖，四蹄横陈就势躺倒——今天自己又会是到此泉打水的最后一个山下草民了吧？——纵算后面有人也摸黑踩着乱石过来，谅他也不会因为看不到我那双咕噜乱转、圆睁瞪天的小眼睛，就会想当然地以为我已魂归故里而受到不应有的惊吓——岱宗巍峨八千万载，还从未听闻有谁曾在长寿泉下气绝身亡；大丈夫人活一世讲究的是泰山崩于前而面不改色，更何况区区一个蝼蚁之人崩于前乎？如今国泰民安，山神闲散无事、鬼魅饱暖安眠，相信任何一位常来长寿泉打水喝的泰安"老师"都不会这般无知和小胆。

嫦娥无影踪，玉眼满苍穹。冰石寒侵股，迷恋妙空灵。我一定是在城市的灯火下待得过久了，失足后才能发现，原来，这星空早已不再是儿时在乡下打谷场露天席地时看到的模样，如今的它，已璀璨美丽到不可想象。群星不再是刻板记忆里的单调的银白色，它们不知何时已变幻出万千色彩：大星当空是橘黄色的，两侧山峰之上趴着的一片一片的小星星竟是我最喜欢的神秘的紫色！还有草绿色的星星，它紧贴在旁边无极庙的石墙上！还有亮蓝色！还有血红色！……我的东岳大帝泰山老奶奶，它们竟然是赤橙黄绿青蓝紫皆有之啊！一种白活了小半生的凄凉感，伴随着鼻流清涕，如小鸡破壳而出、似成蝶化蛹而生。

耍赖毕竟不可太久。泉水击石，淙淙不绝，提醒我应该赶紧接水返回。家里早已离不开这山泉了——煮粥，泡茶，给幼子洗脸洗脚洗屁屁，全指望它。蹲于泉下，净手，洗脸，再净手，鞠一捧吸入口中，水虽凉却不齿寒，徐徐下咽，使其悠悠入喉入胃。冬日寒冷，虽不能放肆体验夏日里大汗淋漓口干舌燥奔到此处豪饮爽洗一番的极致痛快，但细细觉察泉水在口腹中渐渐回暖，丝绸般的甘甜慢慢沁入心脾，润滑每一条血管，如春蚕吐丝一般盈出每一个毛孔，附着身上的尘霾污垢纷纷剥落，也竟有羽化成仙的错觉：轻飘飘，绵柔柔，气清而神扬，甚是欢欣。

就流水冲洗桶身，将桶立定，接水，涮洗桶腹，再立定，欠起身来，听神水入桶之酥柔妙声，环顾左右，赏竹林之婆婆暗影，看老槐之龙身龙爪昂扬于玄空。鼻孔也变得通彻，似能依然嗅到初夏时节翠玉凝脂般的槐花清香正在山谷里弥漫；眼睛也变得清亮，似能看到传说中的竹林名寺，它朱墙青檐高香弥天，无比亲切又无比崇高地完好矗立于竹林上空的祥云之中，善良俊秀的小和尚盘坐在殿内，头顶散发出万道金色佛光……

（二）

好一个慷慨育人养神润心的长寿泉啊！天地择其喷涌之处定是经过几番煞费苦心吧？要不怎会有如此妙想——竟让其从一块巨石之下蜿蜒而出？此巨石，傲立于泰山西路胜景之一——东百丈崖龙潭飞瀑的上游约 60 米处，此处溪谷开阔，两侧傲徕峰、芙蓉峰拔地通天争雄斗险，翠竹万竿亭亭森森，松柏错草丛生，古槐盘根擎天，在此处立一方壮观突兀之巨石并令其涌泉，此等乾坤造化真可谓玄机无限奇特至极。那座于 1927 年在唐代名刹竹林寺遗址上劳民伤财为其妄图长生的坑爹老婆修建而成的，却仅在十几天之后就因这位妇人的富贵屁股禁受不住莲花宝座的清冷而惨遭废弃的道教道场，之所以名曰无极庙，说不定就是因为那位兖州镇守张姓将军大人来到此地后，竟和我等草民心生同感而得此庙名呢——玄机无限奇特至极，嗯，无极，欧耶。

泉水原本是顺着天然石槽贴地流出，取之不便，1999 年初夏，几位伟大的泰安"老师"在泉口处凿石成井，再以铁管将水自井中引出，最后将井覆盖以防止灰尘草叶鼠虫等落入井内污染水质，经过几天辛苦，使得打水变为立桶即可接得。如此一来，泉水看似少了三分天然野气，实则多了十分饮用安全，可谓功德无量，值得世人大赞。泉眼引流功成之后，勒刻"长寿泉"三个红漆大字于巨石之上，字为隶体，大方厚道，颇有大家风骨，像极代代泰山子民，具体何人所书，尚有待笔者打听考证。

泉名刻石虽仅有 15 年，但"泰山神水"享誉神州、"长寿泉"名号响彻泰安则由来已久。泰山古称昆仑，传说为开天辟地的巨神盘古的头颅所化生，28亿载，泰岳几度沉浮，屡次成为万物生灵的避难孤岛，最近一次是在8000年前，冰川纪结束，华北平原一片汪洋直连东海，唯有泰山，沐阳生息，人畜鸟兽遍饮诸泉，苍树劲草皆吸神水，无不繁衍兴旺。东岳立于中原腹地，与古都西安成东西直线，与北京南京成南北直线，其中神秘，不可言尽，伏羲炎黄尧舜禹等远古七十二王无不来祭，秦皇汉武之后封禅泰山者又十二帝，中华泱泱，泰泉哺皇，民众崇拜，点滴不忘。遥想当年，黄帝蚩尤逐鹿中原，九战不捷，黄帝心急如焚白发顿生，遂问计于泰山。入西溪，越百丈崖，云雾忽起，弥漫四周，万物隐匿其中而不得见，黄帝及其随众不食不饮虔跪三天三夜，云霁雾散，丝乐之声起而七彩祥云临，九天玄女自天而降，赐予黄帝经术战法。帝欣喜雀跃，方觉焦渴。女神隐去前以玉手指向崖边巨石下之清泉，帝鞠饮之犹如甘醴，洗发沐脸，白发立成乌丝，顿觉神清体健。出山再战蚩尤，大败之，遂中原得定而民众得安。自此方始，此泉名声大振，听闻此事之附近村民纷纷前往取饮洗漱，凡年老体弱及白发者，日益强健并重生黑发，村庄部落内长寿者愈来愈多，长寿泉由此得名并在泰安城内民间传播开来。

时至今日，天天皆有众多百姓入山打取此水，老叟挑担老妪拉车最为常见，个个精神矍铄，发黑齿白，红光满面。尤其盛夏季节，若逢周末节假日，在此凉爽溪谷中打取此水者彻夜不绝。距此泉不足五步虽另有一泉名曰云水但罕有问津，大家都乐于排队等候，队伍最长时绵延数十米，浩浩荡荡可谓西溪一景。众人或笑语苍树下，或濯足清溪边，孩童往往逍遥不愿归，情侣屡屡眷恋不愿去。若站队等候时觉得无聊，大可将桶托付于后者，近可去观飞瀑胜景领略云水风雷半空起，亦可溯溪而上摸鱼捉蟹寻石观石；远可去探傲徕峰扇子崖附近胜景，探究一下闻名遐迩的赤眉军驻地天胜寨的选址妙处，感受一下昔日穷汉草莽们叱咤而起为苍生的豪情。若贪游而归迟也不要紧，总会见自家水桶业已清泉满盈立于溪石静等主人来取。如此这般，泉水及游玩俱得，感念心生而后亦乐施善行于他人，心身怎不畅快！

古语有云："在山泉水清，出山泉水浊。"相较于冬天能冰死个人、夏天也不凉爽、化学味道常年浓郁并经常喷射黄泥浓浆的自来水，对比于山下日益污浊苦咸的井水乃至各种品牌形形色色的桶装水，长寿泉的水绝对是神仙甘露，不喝不知道，喝上就戒不掉。泉水之于愈发讲究生活品质的人们，就如烟草美酒之于烟鬼酒神，手机微信之于现代社会，美女出浴之于登徒子，婆娑诗文之于骨灰级文艺青年……而长寿泉之于我，则更似蓝天青山之于囚鸟困兽，救生圈之于溺水者，馒头咸菜之于北方饿汉……每见家中泉水将尽，我都会即刻拎桶夺门而出。远在广州的老友评曰："打水已融入了你的生活。"我回以拥抱的表情，并期盼有朝一日可以与他结伴同行。其实，笔者自知，与其说打水已融入了生活，不如说，当他入山取水时，水桶背包、楼房小区、马路车尘、西溪岩岩、松柏星月外加胡思乱想、文字缭绕于脑，就是他当下全部的生活。

（三）

10L 大桶一个，入包而背，5L 小桶两个，双手各一。推门关门两重天，楼道暗潮灯泯然。失去楼道内的灯光仿佛已有半个世纪了，上上下下中，有时感觉这旧楼里的尘阶癣壁简直就是天物，神秘莫测勾魂摄魄；有时也很是厌恶这种黯然又局促的空间，更厌恶自己对于楼道无灯这一现象的习以为常和无所作为，若再有邻里娘们或独居老太的河东狮吼污言秽语不绝于耳，在这方昔日何等繁荣今日何等凄惨早已宣告破产的某国营公司家属院里行走，简直就是惴惴乎如临深渊，戚戚然暗无天日。

好在，出小区过大路上行百米即至山前，任你鸡飞狗跳、鸡飞蛋打与我再不相干，随你大楼当路、西望即见、形如巨棺、门卫森严，由你广场堂皇、巨灯高悬、幻若龙宫、喷泉冲天，凭你巧立东尊、俏然五星、花天酒地、佳丽狂换，都不及俺在连体双生大槐树下肃立垂手、嘴叼苦烟、背包拎桶、东岳相迎，于是乎浊泪满面。

"幽僻之所自有其繁华之处"，我最近才略懂其意，而那三两老翁恐怕早已心知肚明且乐在其中了吧？他们在步行上山的捷径——一条小溪旧道，原本是荒沟野墼的两边，育土植苗垒石成围，孜孜不倦开出了块块菜园果园还有花园，晨晓傍晚自此路过，总会得见老人们握锹持瓢忙得不亦乐乎。及至拾阶而上窜入环山路上，顺走数十步，仓皇环顾着两侧如疯牛般仗角狂奔的车辆，小心翼翼外加当机立断穿过丁字路口，掠天地广场，甩大煞风景之挡道验票的铁皮小屋于身后，阔美旷丽的泰山西溪景区即跃于面前。元代泰安东平县文人王旭在其名作《西溪》里写道："我爱西溪好，披云屡往来。一州烟景合，三面画屏开……"越知西溪好，越知此诗写的妙。万字累牍，有时真不如寥寥数语。吾念及此，将此文写成的勇气顿时一泻千里。好在转念一想，本就是闲情逸致使然，一来，总结生活、告慰时光、启迪未来，二来，努力达到鼓动泰山旅游、鼓吹泰山文化的效果，以彰显自己感恩之心尚存，应该还不至于完全达到了如某位兄长所评述的那等洒脱境界："上人家的山，喝人家的水，却还整天只想着离开人家那个地方。流氓无耻。无耻流氓。"OK，这两个理由，应该足够俺在打取泉水的旅途中继续磨蹭岁月磨叽思想了。

（四）

自古登泰六条路，而东岳风景历来也有"幽、旷、奥、秀、妙、丽"六区之分。其中，长寿泉所在的西溪即登山西路为泰山旷区，它最为旷阔，水量最大，源头来自泰山主峰。大概是因为泰山本身就可以"肤寸生云"，即便在大旱之年，西溪也罕有断流。游溪谷一般都有两种选择：在左侧走或在右侧走。当然，如果不怕费时费力，也可以选择不走寻常路，在溪谷里面尽情跳石渡水、艰难跋涉一番。至中天门的进山车道始于西溪左侧，绝大多数打水者都会顺着此路行走，平坦，不用上下石阶，可省不少力气。轻装而行或者喜欢孤静路途的人在右侧行走是极好的，穿过天地广场里外的热闹人群、走过跨越深涧的红铁桥身青石桥面的大众桥以及依然深情俯视着此桥的建桥者——冯玉祥的高高墓地，顺着左公园、右农园别有风光的碎石板路步行半公里走到尽头，就可以看到这样的一个龙潭水库了：龙身雄跨百丈溪，遥对虎山水库，共佑古城泰安，溢水如雷震天外，响应猛虎咆哮；仙道潜藏千尺池，静赏泳人美体，同享国山神府，翠山倒映赛芙蓉，难为祖国丹青。站在大坝两侧的观光桥道内向山下眺望，大半个泰安城宛如凝缩在云雾里。久久打量面前这一幅巨型山水画卷，鸟似飞翔在浩渺烟波里，鱼像畅游在梦幻碧空中，太美的水库太美的风景呵，决然会让懂得静心欣赏的人时空错乱，难怪每年都会有若干位善男善女葬身水库中，敢情都是因受了这美景的迷惑而并不是因为不自量力贸然入水才踏上了不归途？这般想来，似乎也就不应该太过于为他们感到难过以至于扼腕叹息了。

龙潭水库始建于 1944 年，2006 年加固重建，坝宽 50 余米高 20

余米，水库最深处几近 50 米。每至夏天雨季，碧水满盈，银瀑漫流，美不胜收，水库下游人如织，戏水游泳，流连忘返。遥想 2006 年重建时，世人时隔六十余载方才得见龙潭水库之底，库水将被抽干，群鱼老龟，百十斤者不计其数，皆激昂跳跃于库底的浅水泥潭之中，景象惊天动地，鱼鳖足足装了几十辆军用大卡车。

笔者是爱极了山中那眼深泉之人。包桶仍在人已行，长歌徐吟装轻松。荧光点点钓者众，不言不语半老翁。冬来破冰夏夜泳，个个深藏不露形。由你狂躁小儿闹，建岱桥上有人功。的确，进山必经过的建岱桥真乃几代林业工人的丰功见证。建国之初，泰山历经清末民国战火洗礼，民生凋敝，原始山林几近荡然无存，只剩各寺庙教观周围幸存的不足 3000 亩山林。是几代林业工人，肩苗扛水，吐沫成河，挥热汗洒热血，昼夜劳作于险崖峭壁之中，方才育得 10 万亩宝贵山林，使泰山渐渐恢复了苍峦雄风，从而令众多泉水竞相喷涌并清澈可饮。没有他们，哪有可供你这四体不勤却又牢骚太盛的后人享用的蔚蔚葱葱？念及此，真心开始悔悟涕零：鱼鳖草芥实为浮影，自己如果动手植得一草半树，比什么空谈虚叹都更为厚重！

过了伟岸沉默的建岱桥，距西溪最著名的胜景"云龙三现"也就不远了。此时，游者最好自公路左边的一个农家小屋旁步阶而下。只有踏足于西溪石水之中，方能彻底领会此"云龙三现"的含义。有道是：白龙潭，黑龙潭，老龙窝，潭黑窝深连通东海龙宫；南百丈，西百丈，东百丈，崖陡峰碧飞泻千尺白练。跋涉于溪内杂石中，恍恍然头顶云水风雷，踏足于东崖柏树顶，飘飘然身悬仙府洞天。需要说明的是，此处风景，夏秋雨季最胜。春冬旱季来此，亦大可不必失望，有道是潭潭有文化，步步有传说，只要身在其中，用心看，倾心听，就会有所得有所悟。泰山里的林木生长有一个普遍现象，背阴之处多为柏树，向阳岩壁及风口之所，松树栖生。在位于长寿桥下由飞瀑冲砸亿万年而成的老龙窝之两侧山体上，这一现象很是明显。说起这座仿赵州桥而建，为龙潭银瀑横添一抹朱红眉黛的长寿桥，也可算得上是那位张将军的功绩之一了。他在乡绅大户中募集万余银元而建成此桥，撇开之后又敛聚 2000 多块大洋为其宠爱有加的夫人在桥后修建无极庙以及又不知搞来多少吊钱多少银子接而修缮自无极庙通往扇子崖的石径这些事情不讲，但就修桥这一点来看，终究是件好事。它因山泉而得名或是因人有长寿欲望而命名也不重要，幸亏有它横立作秀于湿滑的崖顶，过往的山民樵夫才得以免受涉水过溪之苦，免遭被冲到阴阳界外殒命百丈崖下的厄运。另外，料想那位自诩为无极娘娘，四处散播传单妄图使百姓入庙跪拜她的夫人，不是国色天香，也应该有沉鱼落雁之貌吧。笔者其实挺怀疑自己对她行为坑爹的断定是否公允，自古以来英雄狗熊都难过美人关，更何况人家与张大人本就是合理合法的夫妻关系，老公爱老婆，为其修桥建庙又修路，也没啥毛病，后人着实不该随意冷嘲讥讽。

　　至于老龙窝，有必要在此强调一下：老龙窝表示严重不欢迎女性游客尤其是青春貌美且心怀叵测的美女前往游玩。它窝藏在悬崖飞瀑之下，藏得严严实实，前后左右望之而俱不得见。你自黑龙潭石庙处登阶而上，一口气迈过百余石阶，觉得香气如兰但微喘，身仍如青燕但略冒香汗，也就来到了老龙禁池的家门口了。石阶明道右拐 90 度继续盘旋而上，但还未转身且知道抬头观察地形的你，会发现面前亦有一抹石阶，它不升反降，将你导向一条在翠柏杂树之下若隐若现的羊肠小道。你若经不住老龙的诱惑循径而去，会体验到这条悬崖峭壁边上的窄道可谓有些凶险。其最窄之处，或对石夹道，或石与树拥挤成缝，非得你侧身挪步蹭乳磨臀一番而不能过也。等你好不容易冲出阻挠，一汪比白龙潭黑龙潭开阔甚多的梯形潭面就会突然跳进你的流云之眸。除非你真是居心叵测之女，否则，保你会在 1 秒内即会闭眼羞面狼狈回窜——啊呀咿喂，老龙窝里果然有老龙呢，他们或坐于窝边，或在周遭岩石上做天体漫步，或泡在窝中龙头指天。快快回走，莫要惊动这帮一丝不挂无所遮拦但也极易害羞的淳朴山野汉子才是!

（五）

回身再入上山打水之道，上几盘台阶，小心踩过一个坑洼不平的天然斜坡，再上几盘，就会步入十几米长的平坦路上了。自黑龙潭边始，360 多个台阶登罢，就如在外面的世界过罢 360 多天的游子有钱没钱都回家过年一样，啥都会暂时忘却，彻头彻尾轻松。一座名曰云水亭的石制小榭在左前方唤你入内歇息片刻，它与对面的风雷亭对称立于长寿桥的东西两端。坐在亭中居高临下，或下行步入桥中立于桥拱最高处凭栏眺望，或干脆跳入桥下平阔无比流水泠泠之巨大石面上，甚至更进一步小心翼翼地走到阴阳界，在晃体大风中战战兢兢观看，都会惊叹自然风景总是雄丽，寸俗不染。山城完全退却了，只似小灯一盏浅墨一点，缀在莽山袍裙边沿的褶皱里。松涛声如天籁，群柏暗香缭绕，水生云来云入水，风起雷啊雷招风。凉亭的名字起的真是好啊，估计张将军不仅有奇葩媳妇，门下也定有高人也。

只要天气不错，长寿桥云水亭附近皆有闲散民众在此聚集，三两小桌，马扎围坐，打牌搓麻消磨时光。夏在桥头群柏之下避暑乘凉，冬在亭旁路上晒懒洋洋的太阳。玩家皆闷头玩耍，亦有打水过往者卸担放桶静立旁看片刻，偶见人多拥挤，但总罕闻喧哗。玩得饿了，来个煎饼抹酱卷大葱，渴了乏了，就暂且将牌一扣，长寿泉水就在前方不远处，拎壶执杯，顺着打水民众踩出来的"踏乱石主义"小道，走上数十步到达竹林西侧中段，摇摇晃晃经过由众多石头垒成的过溪小径到达竹林对面泉眼处，壶杯接入天赐神水，只需饮上几口，就能解渴去乏。众人如若内急，大都放着在千禧年建成的桥头公厕不用，却十分偏爱多走几步路，隐在林木茂盛之处解带方便。想想也不奇怪，此类公厕如何功能齐全如何干净卫生，也多是表面现象，委身其中，总叫人觉得幽闭难耐，远远不如草间林地来得惬意销魂。此等行为固然可列入陋俗，有些伤及风雅，然而，山高自有雅士登，山深总有俗民生，要怪就怪这山泉所在之处偏偏是既高又深吧；更何况，何为俗何为雅，莫衷一是，我们活上一世兴许也搞不明白。不明不白也好，糊涂难得泉水易得，长寿泉已然在望，不妨快步急行，在桥北侧的林木乱石之间透迤腾挪一番，就能圆满完成深入泰山西溪打取益寿矿泉的不羁之旅了。

至于之后又该如何，接了泉水之后是应该过桥探访傲徕风景还是应该去中天门甚至到岱顶寻访摩崖名胜？背水下山之后是否应该再上凌汉峰聆听普照古寺的禅音和五贤祠中绕梁千年的琅琅读书声？是去天地广场抚摸龙柱并随泰山大妈们跳跳广场舞？是去市政广场见识一下龙宫幻影并向泰城大爷们偷学几招太极拳？抑或是直接奔回家去哄孩子煮粥泡茶读书浇花看电视玩手机扫地擦桌刷盘子？随你。一切随你。反正啊，只要能你切身体会到这长寿泉的神妙，那座巍峨泰山，就不仅会永远昂首雄踞在你身旁，更会永恒独尊于你那颗中华儿女的心魂之中！

哦，对了，告诉你一个小秘密：在泰山东北侧的天烛峰下，有个寿星扎堆的扫帚峪村，那里也有个长寿泉；在中华各地，更是分散着不计其数的长寿泉……然而，相信你最终也会发现这样一个事实：东为长寿泉，西为长寿泉，造化实为长寿泉；你稳如泰山，我稳如泰山，中华方稳如泰山！

－ 寒蝉 －

高翔

我走在花间，数着脚下溜滑的石卵。

柳叶已经有些枯黄了，细细的枝梢上憩着一只凄冷的蝉。偶尔，它"嘶嘶"地鸣叫几声，气息孱弱得像是久病初愈，在清风里倏忽就散了，只剩下它自己，仍然是枝梢上一个小小的黑点，凄冷，孤单，软蔫。

它的翅翼还是透亮的，能看得清楚一根一根的脉络，横里斜里地交织着。这是我很喜欢的那种轻灵，优雅飘逸得似不曾食过人间烟火。

可是，轻灵于它，现在却显得极不适宜了。也正是因了这轻灵，现在的它才落魄成为一只寒蝉。我想，人不是也一样吗？无论身，也无论心，弄得自己无遮无拦，对伤害对侵蚀还哪里防范得了呢。

花间石卵，随着小径在绿色里蜿蜒。虽然已是秋天，冬的脚步也渐行不远，从风里都能闻到它凛冽的气息了，因为奔跑得急，"呼哧呼哧"地就有一点喘。何必呢！要如此矫情。紧三赶四的，没有半丝半毫的儒雅风度。

绿色在催促里居然能如此沉稳，半丝半毫地也不屈服，可劲儿地映衬粉的、红的、黄的花，倒反映衬着自己了，绿得浓，绿得透，绿得纯粹，绿得花红柳醉，绿得几乎要从叶尖叶脉流溢出来了，恣肆地饱涨，弄得叶片肥厚盈硕，像婴儿胖嫩的小手。

那蝉还在。

它好一会儿没有"嘶嘶"地鸣叫了，只是静默地贴附在枝梢上，一动不动。听人说它这个样子多半是在产卵了，来年，当一只只蛹从土里钻出来，吮吸着叶尖叶脉溢流的汁液，慢慢地蜕变长大，很响亮地在茂枝繁叶之间"嘶嘶"地鸣叫，而它，已然是一个干瘪的躯体了，抑或早已随风了。

我凝视它很久。

它却一直未动，也不"嘶嘶"地鸣叫。

直到一阵风来，吹得我的眼睛里溢出泪。

－ 浸着花香的光阴 －

高翔

山里人家的春天总是来得晚些，跟不上季节的节奏，正应了那句"人间四月芳菲尽，山寺桃花始盛开"。

走在山道上，山风还肆虐着，在灌木丛里、在岩石缝隙间，"咻咻咻"地叫，直往人的手上、脸上和脖颈里招呼。人说深秋虫鸣，其声凄凄切切，那这山风的嘶啸，有没有日暮途穷的苍凉呢？

残破的几幢房子低调地默立在山坳里。房顶黛青色的瓦楞上积淀着岁月的印痕，如一张张黝黑的脸庞，在烟熏火燎的日子里积聚了不少的褶皱。几株枝干嶙峋的老树，头上还顶着未融的残雪。让我想起了"纵使相逢不相识，尘满面，鬓如霜"所勾画的图景。真形象呀，真传神呀。

只是，历史的长河里，这些残破的老屋有几次见证了"笑问客从何处来"的陌生与无奈呢？

泥糊的墙皮有些脱落了，看上去如一位风烛残年的老者，在向暖的山坳里吸吮着阳光。

一条干涸的河床里杂草丛生，纷乱杂沓，全没有一点章法。河岸也犬牙差互，知名的不知名的野草慵懒而随意地或侧躺，或横卧，一律的枯黄干涩，蓬头垢面，不事妆扮。

这也是光阴积淀的印痕。它足够绵长，足够悠远，绵长悠远到可以消弥万千事物，绵长悠远到无可抗拒，无可挽留。在它面前，一切都得俯首称臣。

然而，那纷乱杂沓中竟有一点点红，还有一点点粉！红得艳丽，粉得润泽，粉红粉红地倔强着，一点点的小身躯努力拨开杂沓叠压的乱草，让那红、让那粉鹤立于一片枯黄中，耀目地张扬着，任性地冲击着人的感官。

这就是了。

毕竟是春来了。自恃站在高高海拔上的山梁又怎能阻挡得了呢。该来的时候它就来了，是阻挡不了的。它也是恣意的、任性的、倔强的。

它不是万绿丛中一点红。它比那要骄恃多了。有一种君临天下的骄恃，有一种"我花开后百花杀"的骄恃，有一种唯我独尊的骄恃。它是一种宣示，一种表白，一种告慰，一种欣悦。

这才是真正的光阴。

真正的光阴是浸着花香的，虽然那花香可能微不足道，可能似有若无。

真正的光阴是散发着梦想的光芒的，虽然那光芒可能掩映在一片荒芜之中。

但它一直都在。那眉眼，那举止，盈盈且妩媚，是一朵开得饱满而芬芳的花。

你且走近，轻些，细些，能闻到光阴被花香浸润。

— 蝴蝶，蝴蝶 —

郑金洲

真爱，彼此之间，你是我的海洋，我是你的溪流。

——题记

4月28日早晨，我刚从一段蝴蝶的文字中收回思绪，开门，便见两只赭红色的蝴蝶，相拥着跌倒在门边的绿色盆景下。

刹那间的震撼令我目瞪口呆。不知是十分的巧合还是一种心息的感应。天地之间，真的有某种神秘的存在吗？在暗示或警示什么呢？若然，这力量来自何方？惴惴不安中，忙蹲下身，仔细察看地上的蝴蝶。一大一小，应是情侣吧，似乎还有些生机。轻轻伸手欲捉起蝴蝶，哪知，大点蝴蝶竟然振动翅膀，飞翔起来。原以为它会飞出门去，投身到阳光灿烂的花丛，再作逍遥的翩跹。可是，飞到一米来高的时候突然"叭"地，摔倒在地上，扑腾扑腾几下后，再也不动了，捧起一看，死啦！再看另一只，似乎先一步就走了，早就香消玉殒。我的心不由地抽搐了几下，甚是懊恼，似乎撞破了一场美好的花事，摧折一段缠绵的情爱，而又眼睁睁看着一对生命殒落在面前。

不由想起刚写完的文字：我想把自己撕成碎片，像红豆种在你的坟上，年年岁岁，花开花落，为你歌唱，为你摇曳。这只是落在纸上的文字呵，只是一段憔悴的独白！莫非昨夜的星子偷窥了我的心事，或是我的忧郁招引了蝴蝶，用至死的爱恋，启迪我的愚钝？

夭折的蝴蝶呵，你们到底要告诉我什么？

我无法想象之前他们的缠绵，那一定是天地间最浪漫的逍遥吧。飞过青山、绿水，穿越竹林、溪流，翩然花丛、芳草。誓言如阳光明媚，承诺似高山深沉。一生一世，恩爱永远。流连圆月明丽的爱抚，挣破红尘清冷的嫉妒，绝响一场翩然的情爱，践行誓言，不惜夭折，将片刻光阴的凄美瑰丽岁月的长河。

那怡人的美丽，多像人生里青涩的 18 岁呵！花样斑驳，花样旖旎，花样灼烈！那刻，就是岁里的永恒，那刻，就是珍贵的记忆。像高悬枝头的白玉兰，没沾俗世的尘埃，清冽着芬芳，飘逸着情怀！

不忍，不忍这夭折的美丽，被蚂蚁蝼空，用洁白的素笺包裹蝴蝶，我捧起一段至纯至洁的爱情，也像捧起了自己的故事。后山的荔枝林里，我站在蝴蝶的坟前，心，随朝霞的斑斓而虚化，我想他们一样会看到春天的百花，在萋萋的芳草丛和枝头上灿烂妩媚，热烈的夏花燃烧遍山遍野的芬芳，秋天的金菊凛然地走向西风。他们虽然夭折在芬芳的路途，依然会憧憬天地之间的至情至爱！

黛玉葬花人笑痴，她葬的仅仅是落红？不，她埋葬的是缱绻的心事，是花落人亡两不知的惆怅，是风刀霜剑的薄凉，是寒塘鹤影里的清冷。花，知她的心事，懂她的诗语，晓她的宿命。似乎，她就是只美丽的蝴蝶，时刻准备着与花飞到天的尽头，寻找梦寐的香丘！

我今葬蝶，是自作多情吗？而我却清楚地明白，我战栗，我心疼的是一场至纯至美的爱情，想想现实冷漠，世态炎凉，真情难觅，真爱稀缺，如今见此挚爱的蝴蝶，真的万分感动，世间的真爱仿佛在梁祝化蝶的那刻被带出了红尘。眼前的蝴蝶，是否又是一场山崩地裂的"化蝶"？

生活中多少看似真挚的感情，总是经不起红尘的烟火。柴米油盐的琐碎，锅碗瓢盆的叮咚，将那可怜的爱情稀释得淡如白水。浪漫已抵不住世俗的虚荣，繁华背后的尊严总是被人肆意践踏。所有青春里的美好，都成了眼前赶不走的雾霾。活着，只是任躯体沦陷，麻木偶尔清醒的灵魂，放纵无边的欲望，在浮世里泅渡。美好的爱情呵，犹如枝丫上青涩的果实，被世故的催红，打蜡甚至激素的改造后，丢失了"初心"。于是所有的执着，成了无可奈何的艰辛与苦涩，蓦然回首，惊讶面目的全非，婚姻更像巨大的渔网，一旦网住，相爱的人开始了各奔东西的突围，所有的誓言在眼花缭乱的繁华里不值一文，而那些暖心的明媚落在了记忆的藕花深处。走过岁月，其中的山山水小，磕磕绊绊都不过是一次次"初心"的背叛，太多的灵魂被现实强暴，贞洁虚化，像蓝天上的白云袅娜而去，可我们却依然饱含热泪地唱响"蓝蓝的天上白云飘……"

于是，我想起了徐志摩与陆小曼，张爱玲与胡兰成，王洛宾与三毛，陆游与唐琬，还有家乡的小城里，那对手挽手从容走进滚滚汉江的青春的影子。似乎所有的爱情，经不住势利的烟火，挡不住世俗的利箭。我们总是抱着幻想不甘心地以身相试，最后却是千疮百孔，伤痕累累，痛不欲生。

真爱，是什么？其实，我们似乎总是清醒地糊涂着，彼此之间，不愿你是我的海洋，我是你的溪流！

如今，我身在南国，遥想着北国的飞雪，那翩飞的舞姿，是否就是蝴蝶的复活呢？那洁白，晶莹，那纯洁是否就是"真爱"最好的象征？我无端的遐想和潸然泪下，是否只是一种怜爱与憧憬？岁月的高坡上，二只夭折的绝响，惊醒了麻木的沉沦。我徘徊于清冷的月光中，捧起双手，仿佛捧起了早已荒芜和失落的青春！影子，却落在了地上，是否，影子也会生出翅膀，等待着清晨的霞光，再作一次冲天的翱翔？

蝴蝶，蝴蝶，夭折的不过是光阴里一段不切实际的幻影。其实你们永远翩翩起舞在我每个平凡的日子里！甚至嬉戏于我的指尖，穿行于我的房间。

- 古巷 -

周静灵

正逢雨季，阴雨连绵。

古巷不见阳光，墙角处，苔藓苍绿，极厚，有盛世的孤单。

于一座城，古巷贮藏了许多前世的气息，走过千年岁月的沉淀，历经沧桑，犹如一位风烛残年的老人，满腹诗华，不语，却有着绝世的孤傲。

喜欢古意，不热烈，有孤独的美感和凄清的味道。如发黄的宣纸，线装的书，内敛而又含蓄的青灰色，仿佛都有着30年代的味道，民国时期的情怀，如此，便更爱古巷。

走进古巷，斑驳的两两高墙围成一条悠长的小巷，青石板铺就的巷面泛着油光，巷内有朱红的木门，雕刻精致的木窗，铮亮的门环，门旁有两尊石狮。灰色的门墙上挂着大红的灯笼，喜滋滋地透着吉祥……

在光阴的春夏秋冬里，古巷里的百姓说着家常的话，院落中晾晒着绣花的衣衫，绣花的枕头，绣花的被，巷头有穿着红袄，扎着羊角辫的妞妞，巷尾有抽着陀螺的布衣少年，糖葫芦的叫卖声，桂花糕的吆喝声，像这小巷绵软而又悠长。云烟旧事，青梅过往，一切如玉般温润清朗。

万籁在其中，俱已萧萧，旧的光阴里有着无法复制的惆怅，古巷见证了所有的光阴，闯入古巷，无数巷道纵横交错，曲曲折折，总也找不到出巷的路口，有恍若隔世的错觉，恍惚中好像看到巷头有撑着纸伞的丁香姑娘，巷尾也能碰到少年壮志或许出外打拼一片天地后回来探家的儒商，岁月无惊，青藤往事，绕指成香。

人稀古巷深，听着空调滴水的声音，曾经的擦肩而过，曾经的脚印叠合，古巷里，每一块青砖条石都记录着丰盈的逝水年华。

青瓷与文字，水乳交融。

扬城与古巷，相映生辉。

旧年历，万家灯火，

一刹那，九百生灭。

光阴迫，于古巷，千年，忽然而已。

指尖划过古墙，微雨的暮春，

与古巷共醉。

－ 西凤 －

陈长吟

（一）

有种酒名叫西凤，西来的凤凰，多好的名字！

后来我才知道，望文生义是不准确的。

这个凤，是陕西省凤翔县，取自地名。

它的历史久远了。

李白喝着它，成了诗仙。

杜甫喝着它，成了诗圣。

士兵喝着它，成了将军。

老百姓喝着它，忘了苦累。

手艺人喝着它，忘了忧愁。

（二）

我第一次喝西凤酒，呛出了眼泪。

它的味道很浓、很烈，酒精度高。

是地域环境禀赋的？是西风寒冷决定的？还是西北人老实，不会勾兑？对于一个来自南方的不太善饮的人来说，有点畏惧。

某天聚会，朋友点西凤酒，我叹了一声，朋友理解，说：西凤有了新特点，新品种，你尝一下吧。

浓液入杯，凤香泛起，鼻孔清爽，轻啜进口，感觉不错。

我要过酒瓶一看，上边印着"柔西凤"。

一个柔字，让人心里十分熨帖。西北人也在变化，也在包容，也在点点温情。

这个度数适合我，于是大醉，被柔倒了。

（三）

逢年过节，亲友、学生们总要来看望。

中华民族是礼仪之邦，正常交往还是需要的。

本人无官无权，只是个文人，所以愿意上门的，则为情感所至，我不拒绝。他们提的礼物中，常有酒。

我把西凤留下，其他的，又送出去了。

有外地的朋友来，就拿出西凤招待他们，说：来，尝尝我们陕西酒。

外地的朋友都伸出拇指称赞，不知是真情，还是假意？

反正我听了高兴。

这酒啊，已不是烈性的水，而是乡情、是秦风；是韵味、是心意。

做人要做性情中的人，饮酒要饮有感觉的酒。

（四）

最近写了几句顺口溜：

> 百年很简单，
> 一日两个蛋。
> 大步走天下，
> 小醉似神仙。

这是我的健康生活概要。

无非一二三：每天快走一万步，吃二个鸡蛋，饮三杯酒。其他的粮食蔬菜，随意了。

酒是好东西，微醉小睡，起来后，天地履新。

但不可贪杯。

有个作家叫古龙，我爱看他的武侠小说，但不喜欢他酗酒。

还有个朋友叫徐信印，是历史学家，天天狂醉，终于烧肝，走了。

节制是福，放纵为祸。

（五）

除了小饮，还有个癖好，收藏酒瓶子。

瓶子是载体，是证明，是纪念。酒是水，喝掉便无，虚空在感觉中、情绪里、把握不住。但瓶子可以留下，摆在架上欣赏，勾起记忆画面。

黄永玉设计的灰色布袋酒瓶，曾让我陶醉不已。尤其是那一截拴在瓶口的麻绳，更是神韵之笔。

奥运会之后，有个水立方酒瓶子，让我眼睛一亮。

那年去西藏，看到用牛皮缝制的酒囊，便千里迢迢带回家。

朋友、家人，都知道我这个爱好，就常常来锦上添花。

于是，我的酒具越来越多。

如今，酒瓶的世界太丰富了，有圆形、扁状、不规则的过度体等等，让人不忍释手；材质呢，玻璃的、陶瓷的、甚至镀金贴银的，让人眼花缭乱。

酒的质量在提升、瓶的造型在发展，中国的酒文化，绵延不绝。

西凤酒的瓶子，像那个鲜艳喜庆的国花瓷，还有特制的书画系，也站在我的藏品中，熠熠生辉。

有时空闲，站在架子前，望着那些排列整齐，各呈风韵的酒瓶世界，许多记忆升腾起来，不饮自醉。

－ 狗撵羊 －

孙文胜

院子本来很静谧，黑狗活的也很自在。但那个春日的午后，舅舅把羊牵到了我家后，这个格局被打乱了。

舅舅牵来的是一只怀了孕的母羊。那羊骨架很大，蓄着长长的胡子，状如葫芦般的奶袋，夸张地倒挂在肚腹下。它的肚子又大又圆，要不是有麻秆样干瘦的腿脚四叉支撑着，很可能会一触即散。它弯曲的犄角挂着些土沫草屑，但不失锋利苍劲。父亲犹豫了一下。舅舅说，我腿疼，今年你替我养养，开了年我再拉回吧。羊配过了，冬天娃们有奶喝了。

这羊父亲看不上，我家的黑狗也看不上。它象征性地低吠了两声后，就"吧嗒吧嗒"地享受那半盆油水很浓的饭汤了。

父亲接过羊绳，向东墙根的木橛子走去。黑狗急了，它纠结地怒吠起来，甩得下巴挂着的汤水淋漓四溅，全没了身为护卫的威武和颜面。父亲不知道，好好的狗怎么突然就这么暴怒，顺手捡起脚下的树枝就抽了过去。他气咻咻地骂道，瞎了你的狗眼，它比你值钱。黑狗蔫了。因为在乡村，一只土狗当然比不过一只母羊的价钱。圈里的克朗猪鼾声如雷，相安无事，也许天蓬元帅吃香喝辣的故事正让它着迷呢。

午后，父亲和娘下地了，小院又成了黑狗的地盘。黑狗跳上柴垛，先声夺人地仰天怒吠了几声，低头再藐视一眼母羊，见它还是那样目光空洞地盯着远处，口里还是那样没完没了地咀嚼着，不由得气冲狗头。它冲下柴垛，怒吼、腾挪，甚至用尾巴扫了母羊的眼睛，但母羊只是慢慢腾腾地站了起来，全不跟它一般见识。它扑得快，母羊走得急。羊突然车转头站住了！它头颅低垂，四肢撑开，额头一耸，尖利的角一下就刺到了收不住脚的狗的下巴上。狗猝不及防，嗷嗷怪叫着爬上了柴垛。

傍黑的时候，母亲割回一篮肥嫩的青草。母羊咩咩叫着凑了上去，鼻翼快速地一噏一动。它闻闻这棵，尝尝那棵，吃得仔细而且讲究。黑狗平静地注视着母羊的一举一动，不时舔着脖子上的伤口。

夏天的天气说变就变。有天快到二半夜的时候，天空突然滚过大朵大朵的乌云，月亮还来不及隐身，随着闪电雷声，豆大的雨点就砸在了地上。屋檐下的雨滴连成了水线，高大的榆树上不时有蝉凄厉地坠落。轰然一声，羊棚塌了。母羊"咩咩"地惨叫着，挣断绳索，满院突奔。黑狗头朝里，惊恐地蜷缩成一盘，双耳却捕捉着窝外每一声响动。雨声渐渐小了，母羊的叫声却嘶哑微弱起来。黑狗出窝一看，糟了，羊掉进菜窖了！它跑过去，叼住羊链就想把它拉上来。无奈蹄下泥土湿滑松软，羊不配合，几次险些把自己掉了下去。情急之中，它跑向我家后门，又是狂吠又是撞门，终于把劳碌一天的父亲从睡梦中叫醒了。

羊得救了。我没听见羊向狗道谢，可当父亲把母羊牵往前院，准备修缮羊棚时，羊四肢扒地，依恋地望着黑狗鸣叫不止。羊棚修好后，父亲把羊牵了回来。院门打开的一刹那，狗激动地原地转起了圈子，喉咙里发出低沉的呜呜声。是啊，它们朝夕相处，形影不离，一起吃饭，一起睡觉，一起听风沐雨，现在谁也离不开谁了。

过了霜降，母羊的肚子一天一天地大起来了。终于在一个飘雪的夜晚，生下了两只可爱的小羊羔。过了月余，羊羔被羊贩子收走了。令我们没想到的是，在母羊咩咩寻羔的哀叫声中，黑狗却不知不觉地产了三只小崽。

这些小小的黑家伙眼睛睁开后，就开始满院活动。它们鼻头贴着地，好奇地东嗅嗅西闻闻，时而钻在母羊的腹下，时而用爪挠母羊的胡须，甚至叼住它的奶头吃奶呢。母羊并不生气，还曲腿弯腰给它们舔鼻子、舔皮毛，就像对待自己的孩子一样。它们亲昵地举动，令趴在墙头赏景的克朗猪哼哼唧唧，满腹怨气。要是遇上和暖的阳光，那场面就更感人了：羊蜷曲着卧在棚前，在它硕大的肚子上翻滚着三团黑绒绒的小毛球。这毛球一会儿爬成一列，一会儿打成一团，最可笑的是它们竟然企图攀上羊的长脖，结果当然是滚蛋了。黑狗眼睛半闭半睁地伏在小窝前，此时它的心里一定比阳光晒的还暖。

父亲每隔一段时间，就会清理一次羊圈和狗窝。那时，父亲就会解开狗绳和羊链，任凭它们追逐嬉闹。而我也不止一次重复地看到"狗撵羊"的游戏，但细细回想起来，眼里似乎只有欢快和浪漫的影子。

同类动物，和谐相处或纷争格斗容易理解，这不同类的动物彼此相依，又是通过什么方式来沟通的呢？难道它们的胸怀比人更宽阔？友谊比人更牢固？"狗撵羊"，是狗和羊的争斗，也是狗和羊的游戏，不结宿怨，不藏谋略，不慕权、不羡贵，它在诠释着一种阳光坦诚的相处之道。

转过年，青草又泛绿了，一切新鲜而生动，但母羊却被舅舅牵走了。黑狗的春天没了芬芳，夏天没了热烈，漫长的冬天又怎么孤单地挨过？

05

活的是一种情怀

－ 白头·到老 －

周静灵

像风一样呼啸而过的是时光。

在谭木匠的梳子铺里买过一把绿檀的梳子，月牙状，褐色木质，霉绿斑斓。梳尾雕有两只蝴蝶，触须打着卷，亭亭立着，振翅欲飞。蝶尾有两行娟秀的文字：生发。绿檀木。

梳子倒是很少用，多数时候是拿着把玩，嗅一嗅绿檀木那特有的暗香，萦萦然，总有一份化不开的情愫，仿佛能闻到发丝的清香，也能触摸到那些记忆深处的情怀。

高中同桌玉萍有两条及膝的麻花辫子，深冬的凌晨，她都早早起床，梳辫子的模样，分外的娴静。在冬日寒凉的晨跑中，那两条生动的麻花辫子欢快地跳跃着。多年后，让我对于青春有了更深刻的眷恋。

剪短发时，想起那首《十里红妆女儿梦》：

待我长发及腰，将军归来可好？

此身君子意逍遥，怎奈山河萧萧。

天光乍破晓，暮雪白头老。

……

江南晚来客，红绳结发梢。

那红绳系着的发梢，深情缱绻，透着俗世的好。

记得遭遇第一根白发时的心情，发际线间，一根白发倔强到鹤立鸡群，笨拙地去拔，拨开，几根白发竟赫然在目。顷刻，仿佛于无声处听惊雷，有劈面相逢的惊悚。一刹那，时间飒飒杀将过来，心里一步紧似一步的慌张。于是，迫不及待地拔，白发被拔离时的尖叫声，声声凄厉。

惊了光阴了。

过了几日，细细地找，凛然地拔。再过些日子，已如野草般益然，终究是拔不过来了……

那鬓边余酸，落笔难描。

纷纷的岁月过去了……

冬至，院子里的太阳像花一样的开了，又到了外婆晾晒梅干菜的季节了。如今，妈妈已是满头白发，也如同当年的老外婆一样，有滋有味地晾晒着梅干菜，一串干了，再挂上一串。屋子里的米香熟透了，阳光下，妈妈的白发透着一生的苍茫。一时间，似有顿悟，这就是光阴吧！

春风笑过，三千赤壁，都成过去。

光阴慈，流年无恙，每个人的心里都有自己光阴的模样。

窗外，有雪薄薄地下，墙角的冷梅，三五朵正疏落地开。书桌上，那把天然纹理的绿檀梳子亦是越发的细腻，温润了。灶上煲着汤，汤沸了，陶罐的盖子发出"噗嗒噗嗒"的声响，满屋都是缭绕的热气……

忽然就知足了，所谓烟火，就该是这样的日常吧！

公道世间唯白发，贵人头上不曾饶。

让一朵花缓缓地开，一滴雨认真地下。相聚别离，一切都是刚刚好！

光阴丰厚，岁月亦有盘剥，就这样，一团喜气地活着。倚窗凝尘，贞静美好。在俗世里，与自己的光阴一起白头到老。

－ 恰似故人来 －

周静灵

人生总要有一场触及灵魂的旅行。

3 月，乍暖还寒。扬州莞尔着，正是春天的模样。花已倾城，无限地招摇。像温婉的女子突然着了浓妆，风情万种。整座扬城热烈而又妩媚。

读关汉卿的《四块玉·闲适》：

> 南亩耕，东山卧。世态人情经历多，闲将往事思量过。贤的是你，愚的是我，争甚么？

南亩耕，说的是陶渊明不为五斗米折腰，守拙归田园。东山卧，是谢安多次拒绝皇上邀请，隐居东山。

突然想到江南，想起水墨画中，那落日烟霞，粉墙黛瓦的烟雨人家。

这样的美意，不可阻挡。

窗外，一山一水，山山水水掠过。我千里迢迢，风尘仆仆地奔赴。到了徽州了。

初见的刹那，还是倒吸了一口凉气，这样清凉的气象扑满了内心。多年来，一直盘踞于内心的江南印象一下子跃在了眼前。登高，俯身，田野间，半坡上，到处都是白墙黛瓦，高低起伏，错落有致的明清建筑。远远望去，仿佛是被光阴晕染了颜色的古画，古意跌宕。

斑驳的矮墙边，几枝枯树，两枝瘦梅，有惊天动地的静气。此刻的徽州，仿佛是一位活在素色里的女子，虽麻衣布裙，却饱读了诗书。

不远处有古戏台，寂寞地耸立着。雕龙附凤，人去楼空，左右有楹联："莫道戏场真梦幻，无非醒世大文章。"怔怔地站在台下，仿佛穿越百年。与"戏如人生"的牌匾久久对视，不敢出声，生怕惊了谁，恍惚觉得出将、入相的两侧门帘后，那风华绝代的青衣，水袖拂地正翩翩而来……

忽然动容，这个村落的每一个细节，不动声色，却如此妥帖地入了心。

远远地闻见墨香，跨过高高的门槛。厅堂笼罩着一层阴暗，徽州的气息从古旧的空气中弥漫开来。清瘦的师傅揉着一团漆黑的墨团。师傅说，这是上等的草灰，墨汁醇厚。屋里有宣纸，古意益然。执笔的先生点了墨，一笔下去，那落在宣纸上的字仿佛在跳舞，院子里的墨香经久不散。这是徽州的气息，透着中国文化的文人气息。这种气息依稀熟悉，忽然想起，好友晓星，安徽安庆人，她的身上就有徽州的气息。才华满腹，清新如植物的秉性。比花枝圆满更让我欢喜。

一路路走下去，看徽商留下的祠堂，为贞洁烈女立下的牌坊，一座座，重重门，惊心动魄。像掉进了旧时光里，心静静地安静下来了。去了山里，水雾氤氲，遥无缥缈，隔山隔雾都能听到露水流入叶脉的声响。几个人都说，徽州，仿佛来过，像是久别重逢，又像是前生待过的地方。

一生痴绝处，无梦到徽州。

山河朵朵，草木清欢。用返璞归真的方式去调动生命的激情。

泡了一杯带回来的绿茶，嘬起嘴吹，新叶碧绿，舞蹈着，漾开来。杯底有画，白墙黛瓦，水墨丹青。

那美已刻进了心里。

－ 年味儿 －

周静灵

我热烈地记得小时候那些关于年的往事。

腊八又大寒，年，奔腾而来。

老木匠赶活，木头花卷卷地落在地上。屋后爆米花，那炮响，一浪高过一浪，惊了一下，然后又释然地笑……

院子里，年味儿熟了，大个的葱绿绿的，用麻绳扎了，捆在一起。木盆里有欢腾的鱼。猫步曼妙，围着鱼一圈一圈地转……厨房里一笼又一笼新出锅的包子，散发出浓密的香。又偷偷地跑去看那镶了襻扣的花棉袄，一回头，看到了镜子里的笑意。

买了年画，是《徐九经升官记》。买了红纸，细细地裁。我哥写对联，我们满院地贴，满目的中国红，贴完了，那新年便一下子就扑到了眼前。

那时民间的年味啊！浓郁而又真切，那火红的世俗心，仿佛被一种气象罩住了，每个人都喜滋滋的，满脸都是怒放的喜悦。那喜悦，在年的接近中，一点点地在酝酿中升腾……

都说一儿一女，合一个"好"字，大姐二姐，大哥二哥，小弟，我们足足凑了三个"好"字。每年的春节，爸妈的脸上疲惫而又喜悦。在最好的盛年，他们携儿带女过日子。我们像春天肉眼可见疯长的嫩芽，在饱满的日子里，次第成长。那些年的年夜饭，座无虚席，济济一堂。

日子叠日子，那些年，那些事，带着光阴的暖意，都去了。

我们长大了。

日子润透了。

年味是寡了。

买了对联，买了富春包子。买了花，七八朵约齐了开，挤在一起，像极了兄弟姐妹。这样一想，又惹了一腔回忆。

兄弟姐妹，这字字生香，带着温度，荡漾着，九曲回肠。

还是盼着那团聚。

大年初一，远远地看到兄弟姐妹，温暖一下子冲进心里，眼前晃过那等了很多年故人的"老院门"，那年老失修掉了颜色的老屋，还有那热气腾腾的年夜饭，心里有喜悦升腾，像掠过惊鸿，扑簌簌地飞。

越来越喜欢听妈和姐聊家事了！每年春节，我们都围着妈，围着饭桌，天高地阔地聊……

小雨斜斜地打在弄堂亮亮的石板上，满屋的暖意。

降温了，窗外，有雪花飞舞的声音。红灯笼上落了雪，又想起小时候年三十的晚上，灶上，瓷白的碗里，那豆腐用红纸拦腰裹着，低头看着，有唇红齿白般的美妙，生动而又美好。

还是喜欢过年，看见妈，围着围裙，满脸的笑……

一年又一年。

过年好！

- 情怀 -

周静灵

我坚信情怀的存在，尽管我无法将其描绘得更清晰。

情怀是个感性的词语，有细腻的质感，放在心里能生出温馨的花来。

情怀是情义，是情操，是情愫，是对生活的一种热度，更是对人间真意的交代。

央视《开讲啦!》栏目，播着京剧花脸孟广禄的专场。孟先生一脸谦逊的笑，一出场那嗓音洪亮高亢，行腔委婉细腻，韵味悠长。整场中那言谈举止都透着对京剧的热爱。那份炽烈令人动容。会想到祖国、想到历史、想到沧桑、想到传承、想到《我爱你! 中国》中，那百灵鸟从蓝天飞过的旋律。那情怀热烈，汹涌澎湃。

看古人，李白的心里装着日月山河，"举杯邀明月，对影成三人"。也有张狂，"仰天大笑出门去，我辈岂是蓬蒿人"。陶渊明钟情田园，寄情山水。与花草同欢，更懂深情。"采菊东篱下，悠然见南山"。读李清照，"见有人来，袜刬金钩溜，和羞走，倚门回首，却把青梅嗅"。那女儿家吹弹可破的心事，读着读着，便读出了笑声来。古人的情怀明显地都有着温度。

深秋，去乡村。矮墙下，有柿子树，了无绿意，枯树像死了一般。一抬头，枝丫上吊着几只橘黄色的大柿子，那柿子玲玲珑珑，在枯枝上有颓败的风仪。触了目，更惊心。植物的情怀有着更为让人心动的风骨！

大多时候，以为思念是一种心情，以为情怀深奥玄妙。像在云端，情怀和生活仿佛隔着遥远而又唯美的距离。

同城的陈老师，年逾半百，对生活依然不减热度。养了花，凋了，一片片地泼洒开来，用骨力分明的繁体字写下"你，风华过……"。每每三言两语地聊，明心见性，便会心生欢喜。她有她的大自在，对旅行保持炽热。喧嚣的春节，总是驱车南下，山高水阔，一路欢歌。在南方怒放的花墙下，低眉，含笑，一脸的灿烂。那花墙，红烈烈地在光阴里艳着，那份深丽洒然，满是情怀。

蝴蝶在花上，常春藤爬满屋顶。微小的事物，如果你感动，亦是情怀。像绵绵春雨很细很细，却湿地三尺。

情怀是日常，是一粥一饭，是柴米油盐。是长相守，是共白头。是喜相逢，是暂别离。

那压在樟木箱底的一件旧衣，那想起就温暖的黑白照片。

那泛黄的带着光阴的手写书信，那旧院门上老绿的门环……

旧事旧物，渐行渐远。都是记忆深处的情怀。

坚持那些情怀，秉持如影相随的美好，保持对生活的热爱。

到80岁的时候，也要有这样的情怀，精神明亮，思想丰沛。读书，种花，惜落红……

我深情地期盼着下一年的轮回。

－ 留白 －

刘轶

不喜欢焰焰似火的热情，不喜欢殷殷如血的热烈，不喜欢落落若堆的热闹。偏偏喜欢凛然，就像雪小禅老绿的笔锋流转的柔情；偏偏喜欢淡然，就像丰子恺的画笔浸润的温情；偏偏喜欢安然，就像白落梅的素笔细腻的深情。

就在这个时候，孤寂的心里怀揣着凛然、淡然、安然，欣赏着一幅富贵牡丹的水墨丹青。那大朵大朵的花，如霞似锦，开得无所顾忌，轰轰烈烈，招摇肆意出旺盛的生命，似乎要霸占了整个世界，那些许的飞扬跋扈，那些许的桀骜不驯，让人羡慕，却不得不被其嚣张气焰压抑的憋闷，不得不想要一个出口。可惜，满满的画卷充斥着或浓或淡的水墨，我近乎窒息的心，只有背叛了这幅富贵牡丹。发自肺腑了说，我全然倾心于疏漏寒瘦，拥有大片留白的简约写意。

留白，顾名思义，就是在作品中留下相应的空白。众所周知，画画需要留白。艺术大师往往都是留白的大师，方寸之地亦显天地之宽。南宋马远的《寒江独钓图》，只见一幅画中，一只小舟，一个渔翁在垂钓，整幅画中没有一丝水，而让人感到烟波浩渺，满幅皆水。予人以想象之余地，如此以无胜有的留白艺术，具有很高的审美价值，正所谓"此处无物胜有物"。文学、音乐上亦多有"不着一字，而形神俱备""无声胜有声"的留白。留白是一种智慧，也是一种境界。留白，传统绘画的一种极高境界，讲究着墨疏淡，空白广阔，以留取空白构造空灵韵味，给人以美的享受。留白最讲究的是，既有热情又掌控热情。若热情过度，势必烧灼美的空间。

从广义上讲，留白，是一种天马行空的游弋；留白，是一种鲲鹏展翅的淋漓；留白，是一种空谷幽兰的禅心。

几经辛苦辗转，我的家由 80 平换到了 150 平。我自然喜欢"四壁洁白、空无一物、少有摆设、大留空间"。想想我们一整天在外奔波，鳞次栉比的楼宇，摩肩接踵的人潮，车水马龙的街市，川流不息的马路，纷至沓来的微信，前呼后拥的噪音，纵然你有 72 变，亦难以招架了这个熙熙攘攘的世界，谁不想在家里独享清闲自由，谁不想在家里彻底逍遥放松。所以，我固执地认为，家里可坐、可睡、可吃、可看书，即可，其他，皆属多余。阔大的空间，正好自如的放松身心、舒展情绪。

我的理念迅速招惹了爱人，他愤怒且嘲讽着："也不知道你怎么想的，混了半辈子，家里来个亲戚朋友，你说你家里啥也没有，不叫人笑话？"我无言以对，家是肉体、灵魂休养生息与整装待发的温柔港湾，需要舒适，需要空间；不是装饰得巧夺天工的门面，不是陈列着古玩字画的博物馆，不是显赫着金碧辉煌的宫殿；朴素自然、清新典雅、宽敞明亮，应该是家庭格调终极的追求。所以，在物质空间上留白，简单从容，才是与之匹配的行为。

我们不需要摆个奇珍异宝尊若神明般供着，以邀取客人啧啧的赞叹，何用？无用！俨然现实中我们对待生活的态度。

我们习惯用"画上了一个完美的句号"来赞赏一个人的成绩，我们喜欢用"取得了圆满的成功"来标榜一个项目的辉煌，我们努力用"没有最好，只有更好"怂恿着自己迈步下一个目标。我们怀揣着明天会更加美好的梦想，披荆斩棘、含辛茹苦、任劳任怨，积极的劳作，奋勇向前冲去。我们自以为，生活是充实的、踏实的，我们的生命是饱满的、圆润的，我们欣欣然的沾沾自喜，又强压着内心的亢奋故作深沉。忽然有一天，你蓦然惊叹，生命里充斥的除了密密匝匝的忙碌、茫然、盲目，你一无所有。那喧喧腾腾的圆满只不过是碌碌无为虚饰下的黄粱一梦。你的足迹与你的初衷背道而驰，你的现实与你的梦想南辕北辙，深夜扪心，这间不容发的生活，快要葬送了你的生命，断然放弃金钱、名誉这如无底洞般的追求，给生活留白，砸碎你身心无形的、劳役的枷锁，释放你的灵性，心无旁骛地飞翔。

渐渐地越飞越高，你突然觉得街头巷尾的狭窄，你莫名感到左邻右舍的狭隘，你惶恐听着亲朋好友的无聊，跌落在刹那间昨是今非、时空交错的愕然中，你重新弹奏起高山流水的华章，聆听琴瑟和鸣的新曲。终于彻悟，人与人之间就像刺猬，太亲近必然扎伤彼此，适度的留白，却能相安无事、一团祥和。

于丹曾经说过把你的家打扫干净，简称"扫除力"，她说，我们的家通常堆放很多闲置的物品、衣服，这些的能量非常负面。我们为什么会购买很多闲置物品、衣物？很大因素归结在女人身上，与爱人吵架了——上街购物；工作不顺心——上街购物；情绪低落——上街购物。带着怨气、怄气的状态，此刻购物缺乏理智的心态，待心平气和时，发现买回的东西弃之可惜、留着无用，只能默默搁浅在犄角旮旯。

哲学家苏格拉底在逛了一条繁华的街市后，唯一的收获是：我不需要的东西竟然有那么多。

凡俗的女人不可能和苏格拉底相提并论，却也清醒地映照出，我们在文化、情操、境界上留有大片大片的空白，我们济济于富贵，我们戚戚于贫穷，我们对物质的爱、渴望，永无止境。

因此，不论男人、女人，积极填充你的智慧、文化、健康、涵养、情趣，你会发现的确有很多东西多余，你会发现你不需要的东西很多，你会自觉在空间里、在精神中、在灵魂上主动留白。

留白，说到底，是一种生活的哲学，是一种处世的艺术，放下手机，多阅读、多运动、多走进自然、多与挚爱的人交流，少一点酒场、少一点城府、少一点成见，你自然学会何处留白，何时留白，怎样留白。

－ 不说 －

王皓月

李敖写那首《只爱一点点》的歌词时，正身处狱中。终日默然，对情爱有了新的解读。"不爱那么多，只爱一点点，别人的爱情像海深我的爱情浅；不爱那么多，只爱一点点，别人的爱情像天长我的爱情短；不爱那么多，只爱一点点，别人眉来又眼去，我只偷看你一眼……"他大概见多了要死要活的爱情，最后都如一阵烟尘般飘散，似飞蛾扑火、若永堕地狱，才写出了这样情深却字浅的歌词。然但凡爱过，都懂，因为惧怕情深缘浅的伤，宁可被认为寡情，也要守护心底最挚的爱。

爱着，或被爱，皆为无法形容、亦无可比拟的悠长大美。以下收集的零散爱情故事碎片，其中，或许就有你我的影子。

他答应了带她出游。多年后，才终于成行。一路上，她欣喜顾盼的眼神，让长满了皱纹的脸光彩照人。累是累，他不停地为她拍照，将她嵌入美景，一再定格。她笑容飞扬，衣袂在江南的风里轻荡。夜宿旅馆，她为他泡好茶，洗好衬衣袜子，不由分说地给他按摩头颈和腿脚，将他照顾得如小孩般。他一路上为她做的，只是拍照而已。他很歉疚，多年的相爱，几日的出行却让她开心雀跃成这样。他很想说声谢谢她，让她快点休息，但是看她做得那么快乐，就咽下了这句感谢。

一对年轻的恋人出了大学校门，依偎着走向夜灯中的涮锅摊。一排排长桌配小凳，寒风中吃者寥寥。他们的家境都不宽裕，以至于他们经常在离校门不远的电影院门口徘徊，最后总是看了半天海报上的介绍就离开了。女孩特爱吃麻辣串，男孩在自习后带她出来过过瘾。要了几十串，不过也是二三十块钱。男孩吃得很慢，在女孩一再的催促下也没有放快吞咽的速度。他看着女孩吃得开心，自己也跟着开心。他好想说慢点吃，别烫着，但又静默了，只是微笑着看着女友饕餮。

他和最好的朋友，同时爱上了一个女孩。这个女孩温婉大方，开朗明理，早就成为他们心目中的女神。他们三人，常常一起逛街，一起吃喝，一起看电影，但谁也没有急着表白。很多次他都费尽心思换一点与女孩独处的时间，当他们在林荫道上漫步时，在广场的喷泉边飞跑时，他都更近距离地看到了女孩的纯洁和美好。他不只一次地压下了想问她的念头，也想了无数种问的方式，就想知道女孩喜欢他更多一些，还是喜欢他朋友更多一些。但他一直没问。

他们曾是校园恋人，相爱深重，海誓山盟。毕业后不抵现实的冲击，各自回到家乡。十几年未曾晤面，却在一个特殊的时刻相见了。他们班最后一个结婚的同学大宴宾朋，同学们都来了，相当于一个同学聚会般热闹非凡。当年都知道他们的故事，同学们有些玩笑就不荤不素。他和她默默地听着，一直微笑。只是拿眼光不停地偷瞄着对方，当目光相遇，又忙不迭地躲开。宴席上她发现他四处散烟，很是奇怪，他以前从不抽烟。又发现以前酒量奇大的他，现在却滴酒不沾。他的身体出问题了吗？他的生活方式，缘何变化。她思忖再三，终是放弃了和他单聊的机会。

一个耄耋老人，耳聋眼浊，脸上皱纹纵横。但他的胸前，齐齐整整地戴着两枚军功章。一个曾经跋涉数万里参加抗战的老兵，将青春华年留在了战场，带了一身伤病返回家乡。回去后才知道，那个许诺一生一世不嫁人的二妹妹，早已成为两个孩子的娘。二妹妹的夫家离他家不远，翻过一座山头就到，若要赶集，必须路过他家门口。他有成千上万次的机会去询问，到底是为什么。但他每次都是远远地站在柴草垛的后面，看着袅娜的、不再袅娜的身影缓缓走过，连轻咳一声也不敢。一看，就是50年，不曾近上前去，轻语一声。

她的丈夫在一次意外中去世了。她的生活变得异常艰辛困顿，上有老下有小，自己的身子也一向不好。他从和她分在一个厂起就暗恋她，直至她嫁人生子，日子过成如今的黯淡光景。他的生活越来越好，技术骨干，妻美子慧。即使厂子倒闭，也很快另起炉灶，变身为老板。但他就是放不下她，得知她不得不在超市做到10点打烊，他很担心。她的家，在老街上，地偏路远。从她在超市打工起那一天，不管刮风下雨，他都开着车跟在她的自行车后。用一束淡淡的车灯光，为她照亮。日子久了，她终于感觉到了，打电话问那人是不是他。他沉吟一下，否认得很坚决。

真爱，何必要说。

－ 有一种感情叫乡愁 －

刘增锋

有一首歌这样唱道：多少年的追寻 / 多少次的叩问 / 乡愁是一碗水 / 乡愁是一杯酒 / 乡愁是一朵云 / 乡愁是一生情 / 年深外境犹吾境 / 日久他乡即故乡 / 游子你可记得土地的芳香 / 妈妈你可知道儿女的心肠 / 一碗水 / 一杯酒 / 一朵云 / 一生情归。其实这，就是乡愁。

对于久居家乡的人来说，乡愁是无法体验得到的，有时候甚至觉得家乡这不好那不好，怨天尤人。而当你真正离开家乡的时候，那种思乡情结是难以解开的。甚或在无数个长夜里，面对家乡的方向痛哭流涕，感慨万千，因为那里有自己的亲人，那里是自己的根。

我的一位朋友由于家庭条件不好，父母没有能力供他继续上学，所以初中毕业后他就离开家乡，成为北漂一族。在北京的 10 多年里，他捡过破烂，当过厨师，也做过生意，尝遍了人间的酸甜苦辣，也感受到了什么叫世态炎凉。每每在遇到挫折时，他都会遥望故乡，凄然泪下，并不断地鼓励自己：一定要挺住，不能让家乡的父母为自己担心。

在他的不懈努力下，很快他就在北京站稳了脚跟，有了事业，有了房子，有了车子，也有了爱情。生活虽然变得安逸了，但是闲暇之余老觉得心里空荡荡的，老感觉缺少一些什么。一次无意中他发现，在电脑收藏夹里，收藏的竟然全部是家乡的网站，而且他已经养成了每天浏览的习惯。这个时候他才恍然大悟，原来是乡愁在作怪。

明白了这些后，游子的那种思乡情怀在他的身上表现得淋漓尽致。在妻子的坚决反对下，他毅然将北京的店铺低价处理掉，并变卖了房产，执意要回家乡发展。这个时候木已成舟，妻子也只好和他一起回到了北方这个小县城，开始重新创业。

回到家乡后，他才明白，现实和想象相差的还是很遥远的，虽然他在北京生意做得红红火火，但是回来后却事事不顺利。正如他在中央电视台《1起聊聊》节目中所说的那样：干啥啥不成。当主持人易中天问他："你做这种选择后悔吗？"我的朋友很淡定地说："我一点都不后悔，回乡发展是我一直以来的心愿，即使困难重重，心里也是高兴的。"现在，我的朋友在小县城开了一间小火锅店，生意异常火爆，他也因为上过中央电视台的屏幕，成为闻名当地的大名人。

朋友说，北京这个城市繁华空旷，膨胀着虚浮的快乐，而我，满目荒芜，找寻陌生的熟悉。北京虽繁盛喧嚣，却始终不属于我们。乡音袅袅，生生扯落我眼底的泪，这种感情其实就是乡愁。

- 那年，我们去偷西瓜 -

刘增锋

　　每个人在青春年少时都会干一些傻事，我也不例外。

　　记得在我七八岁的时候，由于村子里人都比较穷，所以在炎热的夏季谁家能吃到一块儿西瓜，那绝对是一件了不起的事。看着人家扔在门口垃圾堆里的西瓜皮，都要贪婪地看上老半天，蚊子把腿叮了好几个大包都没有感觉，可想而知那西瓜是多么的诱人。

　　七爷是村里种瓜的老行家，种瓜的重任就非他莫属了。您还别说，七爷种的瓜又大又圆，一阵凉风吹过，西瓜那特有的香味直往人鼻子里钻，撩拨得我们这帮小家伙心里痒痒的，有一饱口福的冲动。

　　在三娃的组织下，我们七八个小家伙悄悄地开了一个会，准备晚上趁着夜深人静去七爷的瓜地里偷瓜吃。三娃作为领导给我们明确了任务，有放哨的、有接应的，还有打埋伏制造混乱的。而我和三娃、高峰、大静则成为偷瓜的主力。

　　说实话，在他们这群人里边我最胆小怕事，从来没有干过这种偷鸡摸狗的事情，心里一直怯怯的。别人盼着天黑，而我却一直祈祷天千万不要黑，最好再下一场大雨。然而天不遂人愿，不仅没有下雨，浩瀚的夜空里还升起了一轮明月。

田野里静悄悄的，偶尔能听到蛐蛐的低声吟唱。我们几个趴在玉米地里，眼睛死死地盯着七爷的瓜棚。我的手里紧紧攥着一把割西瓜蔓的弯镰，头上的汗水滴答滴答地往下流，说不清到底是天热还是心虚。

很快，就到了后半夜。估摸着七爷已经熟睡了，我们悄悄地爬起来，向西瓜地摸去。为了偷瓜得手后逃跑，我们跪在地上，背对着瓜棚的方向摸索起来。我一边用手摸圆溜溜的西瓜，一边攥紧弯镰，准备随时割蔓。

也许是别的西瓜太小的缘故吧，我们摸着摸着竟然摸到了瓜棚附近。七爷真不愧是七爷，不但种瓜有一套，看瓜也有一套。他竟然没有在瓜棚里睡觉，而是在瓜地里铺了一张凉席，酣然入睡。

也怪我倒霉，由于我撅着屁股向前摸索，压根儿就不知道七爷睡在西瓜地里。我正在摸索西瓜的小手猛然摸到一个带着刺儿、圆溜溜，而且个头不小的大西瓜。兴奋之中，我拿起镰刀头也不回地就要往下砍。也许是我的手弄痒了七爷，他猛然睁开双眼，突然发现明晃晃的弯镰向他头上砍去，吓得他"啊"地大叫一声，快速向旁边的空地里滚去，我的镰刀就此落空。

七爷的这一声尖叫吓得我们几个魂飞魄散，尤其是我竟然尿了一裤子。三娃等人一看势头不妙，撒丫子都跑了个精光，整片西瓜被他们踩得一片狼藉。我也想跑，但是步子咋也迈不起来。缓过神的七爷铁青着脸，揪着我的耳朵就出了瓜园。

那个时候人们晚上都在门外乘凉、聊天、睡觉。看着我到后半夜都没有回来，父母正准备四处寻找，我却被七爷拽着耳朵给送了回来。七爷边给我父母学说经过，边摸自己中午刚剃的头，有一种绝处逢生的感觉。"好家伙，多亏我睡觉灵醒，要不然这一镰刀下去，我非玩完不可。可吓死我了！"

听了七爷的诉说，隔壁的伯伯笑得眼泪都要流下来，我被父亲狠狠地收拾了一顿，当父亲蒲扇般的大手要落在我的屁股上时，七爷紧紧地拉住了父亲，替我求情："他还是个孩子，不懂事，不要打他。等天亮了，我挑几个好西瓜好好招待一下这帮小家伙，免得他们再糟蹋西瓜。"

从此以后，我再也没有偷过西瓜。时间飞逝，七爷、伯伯以及父亲都悄然离去，我也人到中年，但那段经历往事却深深地刻在了我的脑海，令人终生难忘！

－ 寂静 －

宁迟墨

（一）

心沉到水底，便静了。静到深处，便寂寂了。

这不是悲哀，恰好是欢喜。世间爱热闹者多，看热闹者亦盛，唯独寂静不被人喜。但恰是因其不被人喜，故知音者一眼可明。

热闹，是可以伪装的，欢喜亦然。唯独寂静，于眉眼，于言语，无法骗人。

亦有故作高深者，一支烟燃起，袅袅在指尖，低眉，顺目，似乎哀伤寂静到极处。可那不是，倘若寂静有姿态，无须刻意伪饰。以颓唐，以不在乎，以失落，以满目哀伤，寻找寂静，这些，恰不可得。寂静或许是有哀愁的，但不深，如海棠无香，让人遗憾，但心是欢喜的；或许有失落，以微薄，如出岫之云，轻拢慢捻，心的低处是盈盈一水。

说到底，寂静，是一种恰到好处的完满。水恰恰盈盈，不溢出，月偏偏皎皎，不夺目。

想起辛弃疾《丑奴儿》中的句子：

> 少年不识愁滋味，爱上层楼。爱上层楼，为赋新词强说愁。
> 而今识尽愁滋味，欲说还休。欲说还休，却道天凉好个秋。

愁至深处，只淡淡一句"天凉好个秋"，便是极致。若空山后雨，不着悲凉，懂者自知。寂静恰是此理，深了，便纯如天然，无须矫饰，"一语天然万古新，繁华落尽自真醇"。

亦似蒋捷的《虞美人》里的句子：

> 少年听雨歌楼上，红烛昏罗帐。壮年听雨客舟中，江阔云低、断雁叫西风。
> 而今听雨僧庐下，鬓已星星也。悲欢离合总无情，一任阶前、点滴到天明。

鬓已星星，淡言悲欢。非不解雨之寂寂，但心境淡泊，不问悲欢。

（二）

寂静的极处，是欢喜，是清淡，如孔子评音乐"乐而不淫，哀而不伤"，中正平和，懂得的，方为人间至味。人与人的相处，亦同此理。

不增不减，不谄不媚，落落自然。君自远方来，我自生欢喜。游远山，揽书城，笑论古今，细说先秦。君行，我亦不送，只祝君平安。此为低处之静，能有同好，且走且言。

不声不语，无笑无泪，淡淡清欢。处逆境，以陪伴，处顺境，以警策。寻常无事或不言，有事时，于深夜，于黎明，拭君泪，感君颜。此为中处之静，能以陪伴，相守危难，相知。

高处之静，尚不可知。此二者，已为难得。

事实上，聒噪者不得另一人言语之妙，唯倾听者知。李商隐有语"身无彩凤双飞翼，心有灵犀一点通"，或可为静之极。可言友情，可喻爱情。

闲暇时候，曾看一文，大致意为，爱情就是找个可以时刻说话的人。可能有些道理，但也有特例。比如我，天生话痨一个。记得大一时候，出外兼职，胆大话多，于是乎，工作的那天，就和被分来的小伙伴，一边发传单，一路侃，从幼时趣事到大学生活，从早到晚，不间断。前些时候，回家途中，旁边有一老者，一路闲聊，从天南海北到奥运时事，从人文风光到地区小吃，一路尽兴。……例子很多，于我，若想时刻说话，实在容易事。但若遇一人，不说话也不尴尬，似乎没有。

寂静，往往是一个人的事，加上另一人，莫名的，静仿若已然不静。

故而，若两人，相处，懂得珍惜寂静的，欢喜寂静的，大约才是高处之静。

一辈子的路很长，不说话的时候要比说话的时候更多，平淡的时候亦多于绚烂。能归于寂静，能守于平淡，大约才是真正懂得。

因为难得，故需珍惜。

－ 儿时的年味儿 －

赵素兰

小时候，最企盼、最憧憬的就是过年，最幸福、最撩心的就是盼年，那虔诚的心情，迫切的滋味，如今每每想起仍然激情满怀。

60 年代，那种过新年、穿新衣、放鞭炮、贴春联、吃饺子、压岁钱……如此之多的新鲜，对于农村贫困家庭的孩子，确实具有很大的诱惑，更甚至狂喜。

依稀记得，刚进入冬天，新年就在孩子们心里早早进入了倒计时，尤其看到母亲每晚深夜在煤油灯下为家人缝制新衣，那种欣喜的感觉已经弥漫开来。过了腊八，天天急切地扳着手指盼放假，盼过年。翘首期待中，年关近了，年味也渐渐浓了，人们也开始筹备，一切都在喜悦中忙活起来，兴高采烈地跟着母亲一趟趟到集市上购买年货，欢天喜地地和家人共同准备过年的食物，天天都有新的惊喜，日日都有新的盼头，那高兴劲儿甭提了。特别是过了二十三小年，时间都有了特定的安排：打扫屋子、净洗衣被、炸丸子、蒸馒头、煮肉、剁饺子馅……正月初五之前家人和招待亲戚需要的食品，年三十夜晚之前必须准备停当，大人们不分昼夜地忙碌，我们也快活的像个小助手，帮大人抱抱柴火，烧烧地火、给刚出笼的馒头打上红点，虽然小手冻得红肿，仍然乐此不疲。

　　父亲在食品站工作，有一手做压板肉的绝活，远近闻名，做压板肉是过年的重头戏，家里的亲戚多数都是奔着好吃的肉而来的。千等万等，父亲的拿手活终于开场了，又能啃骨头了，这是孩儿们最最盼望的时刻，个个兴奋不已。每逢此时，父亲都会在院子里支一口大铁锅，把清洗好的猪头下水及各种杂肉放进里面，再放进大量的盐和调料，大火烧着，一会儿工夫，就满锅沸腾。

　　煮肉得两个小时，焦急等待实在煎熬，几次三番，在外边玩儿一小会儿就赶快跑回家看看，生怕错过捞肉的机会。父亲一遍遍地翻动着肉块，香味一股股地刺激鼻子，我们一而再地追问："熟了没？熟了没？"直到满院飘着浓香，香喷喷的卤肉才打捞出锅。孩子们立马围住了过来，父亲麻利地挑着骨头剥着碎肉，我们争先恐后抢着骨头。啃骨头真是太有趣了，越是难撕咬的筋越香，越是啃不掉的肉越想啃，大家龇牙咧嘴使出浑身解数，即便再难啃的骨头也会被一扫而光。对于大骨头，我们还会拿斧子砸开，使劲吸骨髓，吸不出来的就用筷子捅，软滑的骨髓奇香无比，比肉好吃百倍。我们尽管满脸都是油腻，脸上却洋溢着幸福的笑容。

　　到了年三十，年味已经渐入高潮，这一天，大人们会里外张罗，把所有的活计赶着做完：爷爷不停地打扫院子，奶奶在堂屋里摆放供品，供奉神灵，父亲拿着砍刀分肉，预备走亲戚年礼，母亲和姐姐正在拌饺子馅，哥哥领着弟妹贴着春联，顽皮的孩子们在院子里追逐打闹，一家人干着笑着，温馨祥和，其乐融融。

　　转眼天黑，除夕来临，家家张灯结彩，欢声笑语，那时没有电视，没有春晚，却高兴的一蹦三跳。深夜，除了守岁，有一件事每年必做，大门和堂屋门前地上一定要横放着一根木棍，叫作"挡门棍"，预示着把孤魂野鬼挡在门外。夜深了，由于激动，总也睡不安稳，每次醒来，都看见母亲在做最后的针线。我们姊妹 6 个，无论年景多么不好，手头多么拮据，母亲总要想尽办法让每个孩子过年穿上新衣服，尽管多数是翻新、改制、重新染色的粗布衣裳，但对于我们也是金缕玉衣，久盼的惊喜。也不知这么多针线活母亲是怎样做出来的，从未体谅过母亲的辛酸与操劳，少年不知愁滋味，无论如何初一早上一伸手总能摸到套好的新衣裳。

　　大年初一，噼里啪啦的爆竹声把我们从梦中惊醒，一骨碌爬起，慌乱地穿好衣服，向门外冲去，忽然想起奶奶教给的几句话，再三嘱咐要在初一早上边开门边说："大年初一早开门，公公桃上接喜神，驴驮金，马驮银，骆驼驮个聚宝盆。"遗憾，大人们已经早起，屋门早已打开，但我们还是规规矩矩念了一遍，觉得这很重要，来年家里的好日子全靠这样的祈福，说来也怪，恍惚间仿佛真的看见慈眉善目的喜神姗姗而来，金灿灿的元宝涌进了家门。走出屋门，鞭炮声此起彼伏，欢笑声不绝于耳，火药味扑鼻而来，人人笑逐颜开，淘气的男孩子们拿着火香挨家拾炮，女孩子们欣喜地显摆着新衣、发卡，节日的喜庆气氛迎面扑来，相互道贺的拜年浪潮铺天盖地。家里，父亲正准备燃放火鞭，母亲正在厨房包饺子，奶奶又在忙着祭拜祖宗。等了许久，胖嘟嘟的饺子终于出锅了，按照家族规矩，前两碗饺子得先敬祖先，无奈，只好眼巴巴地等待，奶奶很恭敬地放好碗筷，点上香炉，口中念念有词，好像是请祖先们回来吃饭，没等说完，我们早已把碗儿端跑了，奶奶满怀温情的嗔怒："这些娃儿，祖宗们还没走到呢。"那年头，食物匮乏，一年难得吃上几回饺子，初一盼到了，就像没了命，已经撑得难受，一咬牙，又吃几个。

早饭后，姊妹们跟着父亲去给长辈们拜年祝寿，当时我大概六七岁，已经不时兴磕头了，见了长辈只是问声好，或者笑笑，大爷叔伯就会往手里塞一颗糖或几颗花生，压岁钱都是5分2分的硬币，一圈下来能挣几毛钱，把手插进兜里紧紧握着钱，兴奋得不得了。拜完年，大街上已经人群聚集，异常热闹，隔壁二爷拿出了一把二胡，"叽叽咕咕"地拉了起来，从未见过这玩意儿的孩子们，十分好奇，呼啦一下全围了过来，尽管那声音比杀鸡还要难听但人们的脸上全是快乐的笑容。

一中午，母亲都在精心地做着午饭，那是至今我吃过的真正的美味佳肴，肉汤炖烩菜，锅底是萝卜白菜，上面粉条、豆腐、丸子、肉片分堆放置，最后撒上星星点点的面酱，一家人围着热气腾腾的铁锅，就着豆包馒头，一脸喜气，吃得不亦乐乎，那个香，那个美简直无法形容。这才是真正的甜蜜亲情，这才是真正的阖家团圆。

当然，大年初二，我们就开始走亲戚了。

快乐的日子总觉很短，眨眼新年就要结束了，心里感觉很不是滋味，真不想让时间过得这么快……

50多年过去了，儿时过年的那种淳朴、那种热闹、那种童趣，透着岁月的芳香始终萦绕在我的脑海。

- 街道上的货郎担子 -

段恭让

我很小的时候，火烧寨的街道上，经常有货郎担子。

卖小百货的担子，摇着拨浪鼓；卖馒糖的敲着梆子，就吆喝两个字"馒糖"悠长且厚重。我最早听到的南方人的歌段，是担担子在街道卖雪花膏的货郎唱的促销歌曲：

> 七里芳香八里传，
> 走过十里都闻见。
> 言没二价雪花膏，
> 买的买来捎的捎。
> 没有瓶子拿纸包，
> 凡士林来雪花膏。

这卖雪花膏的一来，村子里爱美的女人们，就拿了家里装过雪花膏的瓶子，擦得干干净净，出门来买雪花膏。先在秤上称了瓶子，再用竹板子刮满雪花膏，又放在秤上。有给上学娃娃买搽手用的海蚌油、凡士林的，热热闹闹就把货郎担给包围了。

趁机打趣说笑的人就瞄上某一个小媳妇，"你不搽雪花膏，都香的他睡不着呢，再搽上，看他不势翻一夜。"投机取巧的婆娘，就趁机挖一疙瘩雪花膏朝脸上抹，嘴里还嘟囔着："看看，蜇人不？"

卖雪花膏的一走过去，村里街道巷子往往要香好长一段时间。平凡的日子也就有了艳丽的色彩。

在卖雪花膏的后面，通常会出现一个卖木梳的。嘴巴里反反复复就两个字："刮子，刮子。"村子里的人知道，这南方人嘴里的刮子就是木梳。

他经常变戏法一样，把几个甚至十几个木梳交叉在一起，在地上摔，用脚踏，以证明他卖的是结实耐用的好东西。老婆婆和年轻媳妇女娃就上去精挑细选，寻找自己的心爱之物。

有人嫌 5 毛一个木梳贵了，南方人就吵架一样故作冲动的胁逼她："你买 10 个！买 10 个 3 块钱。"那时间人老实，想 10 个是太多了，不好意思就拿一个走了。也不知道和他玩一把团购什么的。这时间免不了有不买木梳的人，拿起来梳个痛快。男人，尤其是秃子在这个时间可是离得远远的了。

他们对于这两种货郎担没有兴趣。坐在屋檐下谝闲话。偶尔，帮自己女人砍一下价钱，又匆匆返身坐在人窝里，继续五马长枪去了。

他们喜欢的买卖担子，往往一个月左右出现一回，那就是钉老瓮的。这个人身上背着一个包，肩上扛一个扁担一样的东西，上面安装了支架和钳具，吆喝着"钉老瓮钉瓷器"。

坐在屋檐下谝闲话的男人们，一下子就来了劲。马上起身吆喝："咥大活的来了！"

他们不光对于那个金刚钻感兴趣，更加佩服这个钉大老瓮的师傅的一手绝活。

有人就从屋子里搬出来大老瓮要他钉。钉老瓮的人就拿出看家本领。把老瓮斜斜地立起来，手一拨拉老瓮就滴溜溜旋转起来。看过裂纹，说好价钱，先用带子把老瓮扎紧了，金刚钻就飞旋起来。打好眼儿钉上巴子，抹上泥子，再掀起来，手一拨拉，让人们再饱一回眼福。

谁家又拿出来祖上留下来的小吃碟子。也就巴掌大个东西，钉匠拿着仔细看了对好茬口，几寸长的小金刚钻就呼啦啦转开了，钉好巴子，还要用一个小铁锤，再轻轻卯几下。叮咛主人，这东西是乾隆年间的官窑青瓷。留下是个念想呢。

郭颂的货郎歌，唱红了大江南北，就是因为它是那一个时期流通领域的写照。

> 有文化学习的笔记本，
>
> 钢笔，铅笔，文具盒，
>
> 姑娘喜欢的小花布，小伙扎的线围脖。
>
> 穿着个球鞋跑得快，打球赛跑不怕磨。
>
> 秋衣秋裤后头垛，又可身来，又暖和。
>
> 小孩用的吃奶的嘴呀，
>
> 挠痒痒的老头乐……

这样大型的货郎担或者车子，很少见，供销社每年会有组织地过来。

在街道上最受欢迎的还是卖吃货的担子，其中尤数卖饸饹面的

"油葫芦"。

他是邻村人，一年四季穿着油乎乎的一身衣服。可不是这个人不讲究，这一身衣服是他的活广告。那时间的饸饹面材料纯正不掺假，用荞麦面和一种叫苦条的植物做成。手工精细，入口细软筋道，那微苦的清香味道，在外面的人想起来就心里发慌，巴不得赶回去饱尝一顿。

家家户户抓了饸饹，坐在门口子大咥了。余味三日不绝。

有这些担子经过的时间，村子热闹的和过节差不多。充满一种新鲜的简单的极容易满足的健康的欲望。

这种新鲜的简单的极容易满足的健康的欲望，在逛庙会时间的街道特别明显，换了平日衣服，梳油头，戴翠花。喊娃娃，叫邻家。扭扭捏捏上会呀。听觉，视觉，嗅觉里生活都是焕然一新。

哪里像现在的人，紧张疲劳没有时间咀嚼生活，享受生活。衣服买了几十件，有的根本就没有穿过，还是继续拿钱买出气。人被物化工具化。速成食品和速成文化败坏着我们的胃口。刺激消费，带动经济。"善之与恶，相去若何？"消费是发展经济需要，我们人好像给嵌在这一个链条里。遍地商品，到处都有推销的拦路缠着不放，到了让人生厌的程度。节制人欲，这几千年的理性思维，让我们反其道行之，且越走越远。我们沉浸在物欲的追求里，品味享受物质的能力却越来越低下。自己和自己过不去。

我实在看不出来这种过度消费有什么好处。浪费资源也浪费生命，和生命里最宝贵的感觉系统。清醒着也孤独着，窃笑一般快活着。

我深深地怀念那简单简朴的日子。怀念那一种清新的快乐的知足的感觉，还有一点悠闲。

－ 活成一棵树 －

孙文胜

年少的时候，我腰缠麻绳，手握弹弓，时常流连在村头地畔的树丛里。

掏鸟窝、粘知了、摘果子……树不呵斥我，不逼我说话，我跟树走得很亲近。我熟悉树们的高低粗细，牵挂它们的曲直正斜，就连拐角旮旯今天这棵萌了芽，明天那棵笑开了花，我都把它看成是老朋友给我防不住地惊喜。见我整天无所事事地对着树发呆，父亲骂道，你爱树，咋就不学学树的知识？树能打家具，做檩子，担房梁，你就不想做个顶门杠子？

一棵树，在乡人的眼里，粗细曲直都是个金蛋蛋。有次，我在后院摘香椿，父亲瞄见了，紧慢三火地喊道，下来，下来，还指望这几棵香椿树卖了给你哥说媳妇哩。你把树枝、树头都摘了树咋长？我下来了，父亲心疼地给树刨了个坑，又是浇水又是施肥，眼里满是爱抚。

树选择不了自己的家。一阵风吹过，一只鸟飞过，沟坎、渠畔、田间、地头就扎起了它们的影子。活着，春天就绿了叶子；大了，就做一根材料。树无言，但无不昭示着生命的活力和责任。

树有形，人亦有形。那年冬天，我跟着父亲赶庙会。行走间，冷不防身后就有喤喤喤的锣声响起。初始我以为是耍猴的，挤进人群一看，才知道是武师傅在练拳脚。那师傅，红黑脸膛，赤裸着上身，肥大的裤腿紧扎着裤脚，先是低腰下臀快步绕场一周。待人群退后，腾空"啪"地就来一个包脚。眼看着师傅的双脚还未着地，他手里的九节鞭"呼呼呼呼"地又抡开了。那时候，徒儿们的锣声一声紧似一声，观众的喝彩也一浪高过一浪。恰到精彩处，"哐"地一声，大锣响了。定睛一看，师傅已在场中稳稳地扎了一个"白鹤亮翅"的拳式。接下来，有一女子和一愣头小子准备对打。开始前，俩人都伸胳膊、踢腿、扭腰、翻跟头活动骨节。坐着喝茶的师傅，"哇"地发一声喊，俩人立马掌来拳去就演练开了，脚攻腿防，拳来身闪，鲤鱼跳江，鹞子翻身……姑娘的长辫子呼呼生风，小伙的红腰带唰唰劲舞，拳到眼到，招招凶狠。那个时候，评书《隋唐演义》《岳飞传》《杨家将》播的正火，我问父亲，这两个人对打算不算"手似流星眼似电，腰似蛇形脚似钻"？父亲笑着说，把式把式，全凭架式。这俩娃轻似猫，猛如虎，撩拳收抱，定若磐石，当然算。难为他们了，年纪小小就出来讨生活了。

那一天，我因为他们绝佳的姿势，记住了那位小姐姐和小哥哥！而且多年之后见到他们，仍然光影如昨，神采飞扬。此后，我看树就觉得树像人。从村东走到村西，我想到了黑蛋，麦花，玉儿嫂。看到了忙了一辈子，老了还愁一碗饭吃的麦囤叔……他们风雨一生、拼搏一生，似乎从未停止做一棵树的梦。

父亲是个庄稼汉，最多算棵不起眼的树，但"犁耧耙糖入麦秸，扬场使得左右锨，吆车能打回头鞭"这些庄稼行里高难度的技术活，还没有玩不转的。

有年夏收，父亲让哥学扬场。哥戴上草帽，抓起木锨就扬。扬出去是一团子，落下来是一蛋子，没扬净不说，还把麦糠撒到了净麦里。父亲说，扬场要顺风，端起麦糟要知道轻重，不能使蛮力。风大，锨要落低，不然麦颗就夹到麦糠里吹跑了。风小，锨要抬高，要不麦糠扬不出去。锨上扬，要抛开。说着，他两脚叉开，双臂轻挥，锨头的麦子迎风"唰"地一声就飞了出去。麦粒浴着阳光欢快旋转，在空中散成了一个带形金弧。麦糠被风吹了出去，麦粒均匀地落在了麦堆上。

扬完一堆，父亲就着落日的余晖，舒适地半躺在新麦草上伸展身子。我和哥轮流上场扬，嘴里念着父亲的口诀，手里脚下却没个姿势，麦糠、灰尘落满了脖子和身上。父亲见了说，学不会也得学，生在庄稼行里，不会干活还咋活人哩！

父亲木讷寡言，愿意跟他对话的是土地，是庄稼。他们的话题是劳动的姿势，说出的话语是一锄一权，一锨一犁和无边的稼禾。娘说，你爸一辈子是个木头人，亏得还落了个正经庄稼汉的好名声。是木头，那肯定曾经是棵树。可也正是这些木头人般的父辈隐身于稻稷麦豆之间，倾尽了生命的精力和热情，才养活了城市和乡村。

一棵树一生经历的事情太多了。读懂它，并不比读懂一个人或一本书省事。而要做好一棵树，也必须忽略人的想法和外来的诱惑。活成一棵树，甚或一棵草，其实都是个不错的选择。